Xiron Poetry Club

磨 铁 读 诗 会

新世纪诗典

—第八季—

伊沙 编选

中国友谊出版公司

回答（代编选者序）

伊沙

《新世纪诗典》
何以容纳了
如此众多的民族

你可以理解为
我本人虽为汉族
但有哈萨克血统
我娶回族女儿为妻
我儿是民族大融合的结晶
总之我绝无半点大汉族主义

你也可以理解为
这是在现代诗的标准下
只看文本不看人的自然结果

你还可以理解为
我对异质的特别喜好
恰恰不喜欢同质的东西

总之一个宽人
自然便会心胸宽阔海纳百川
一个窄人
再强调"多元并存"
也是哥们儿弟兄为我所用

2019

目录

第一辑　尘埃落定

第二辑 豪猪

第三辑　谁说达摩面壁无聊

第四辑　盛夏

第五辑　三只黑天鹅

第六辑　粮仓

第七辑　菩萨在磨牙

第八辑　一个人

第九辑　某种诗

第十辑　别端着

第十一辑　不要把耳朵掏得太空

第十二辑　阿娃来到我们中间

第一辑　尘埃落定

灰尘落到书上，我擦，灰尘落到手上
我擦，灰尘落到肉上，落到筋上，我擦
灰尘落到血管里，灰尘落到血液里
我擦，我擦，我擦，我擦，我擦

——李宏伟

惦记

马非

在广州

湘莲子给我讲起

她有一些病人

都好几十岁了

只有四五岁孩子的智力

她做过一项实验

给他们读古诗

他们如闻仙乐

高兴得手舞足蹈

给他们读现代诗

或者没有反应

或者表现出烦躁情绪

我没有听完

就差点跳起来

激动地建议她

赶紧写成诗

一个月过去了

我老惦记这件事

也不知道她写了没有

伊沙点评： 诗真能改变人。近三十年来，我目睹了诗对马非的改变：将一个粗人变成细人，将一个钝人变成智者，将一根直肠子变成"花花肠子"……他全力以赴的写作已达"没毛病"，我感觉诗神欠马非一首大名作。但他也只能从主观上反思：自己还能改变什么？第八季伊始，特邀其做头条诗人，是其应该领受的荣誉。

我的朋友小钟

左右

与反应迟钝的人交流
总觉得
我才是正常的
上帝和其他人
都失聪了

伊沙点评： 如果左右收集自己写聋哑题材延及命运的诗三十首左右（这正是外国诗人出诗集的方式与规模），以其成名作将这部诗集命名为《聋子》，那么我敢肯定地说：这本诗集是世界水平的。在中国，有几人认识到了这一点？

看见绿

黄海兮

乡下房子六间

能住三间

母亲卧床不起居一间

妹妹照看母亲

住一间

一间做饭

另几间

漏雨

一天，我走进其中一间

弃之不用的农具

石磨和杂物

占满潮湿的房间

有一株爬山虎

从祖母用过的

脚盆、痰盂边出发

爬向窗台边一口漆黑的棺木上

阳光正好从瓦缝里

漏下来

我看见它和旧棺一起

熠熠发光的绿

2018/02

伊沙点评：很喜欢本诗。越来越多的中国诗人到达了这个层级：丑中见美，这是诗的第三个层级。第一层级是：唯美是诗。第二层级是：诗可以丑。第三层级是：丑中见美。第四层级是：美丑不分。

临摹

戴潍娜

方丈跟我在木槛上一道坐下
那时西山的梅花正模仿我的模样
我知，方丈是我两万个梦想里
——我最接近的那一个
一些话，我只对身旁的空椅子说

更年轻的时候，梅花忙着向整个礼堂布施情道
天塌下来，找一条搓衣板一样的身体
卖力地清洗掉自己的件件罪行
日子被用得很旧很旧，跟人一样旧
冷脆春光里，万物猛烈地使用自己

梅花醒时醉时，分别想念火海与寺庙
方丈不拈花，只干笑
我说再笑！我去教堂里打你小报告
我们于是临摹那从未存在过的字帖
一如戏仿来生。揣摩凋朽的瞬间
不在寺里，不在教堂，在一个恶作剧中
我，向我的一生道歉

伊沙点评：这不是口语诗吧？我认为不是。所以好，请你们记住：《新世纪诗典》从来不是《口语诗典》，也不是以口语诗为主兼及其他的诗选，而是 21 世纪优秀中文现代诗选。如果你们的修辞诗也像本诗写得这么有灵气并且有佳句，我自然就会推荐。

无题

李勋阳

我曾经有过这样的童年
每年山花烂漫的时候
正是我们家
青黄不接的时候

伊沙点评：有心人或许已经注意到：第八季伊始的先发阵容是清一色的 70 后加 80 后诗人，已经成熟的他们能堪大任。在我的几个学生之间，一直存在着相互竞争的关系，也呈现交替领先的态势：近一年来，领先者是李勋阳。本诗短短四行，却是一首大诗、一首力作。"怪怂"忽发正声，让自己升了一格。诗心中正，诗维鬼怪，大诗人也！

我见过多次的情景

朱剑

医院住院部的电梯
没几个人在里面
也发出超载的
报警声

伊沙点评： 阿赫玛托娃认为：好诗必须神秘。本诗符合这一点。这里所说的"神秘"，当然是真正的神秘抑或大神秘，因为中国人把它理解小了，变成了神神鬼鬼。真正的神秘没有鬼，指向平常人世间。不信你们阐释一下本诗？

乞丐

笨笨 .S.K

冬天的早晨
一只流浪猫
匍匐在路边
它的前面放着一只破碗
碗里落满了
雪花

2018/02/22

伊沙点评： 本诗又是我说的那种第三层级的诗：丑中见美。如果打分，你们给几分？我给 85 分。上一场"长安诗歌节"，《新诗典》七周年小庆典，在场诗人第一首都念近期入典诗，笨笨 .S.K 读了本诗，博得一片掌声。接着她又读了两首最多 50 分的"五四"范儿抒情诗，搞得大家挺尴尬。这又是何苦呢？只是为了证明：我会写多种风格？这是文学青年式的证明。问题在典外——这是大部分《新诗典》诗人的普遍现象，说明你们只是能写出好诗的人，还不是好诗人。

偶遇

郭莉莉

在网站上为志愿者朋友
累积志愿时长
上传到
全国志愿者服务网站
突然看见一个人称"公益一哥"的名字
本月志愿时长
183 分钟
他不是我们隔壁村空巢老人
吴老太的大儿子吗

伊沙点评：生活如此多彩，何必去抄段子。生活本身比诗人的想象力强大，自以为聪明者，往往无视这一点；真正有智慧的人，则会表现出诚实的态度，去拥抱生活。本诗还带来另一个启示：年轻诗人别怕自己占有的题材小，小中往往能见大。

沦陷

吻章

下雨的清晨
停在路边的一辆小车开走了
留下一大片湿地中的
唯一一小块干地
由于雨势较大
短短几秒钟
干地很快成为
湿地的一部分

2017/08/25

伊沙点评： 好！与我一首写
雪的诗相合，比我写得还
早，这"叫英雄所见略同"。
观察力当然是诗人才华的一
部分，有些人的观察是假观
察，观察的结果全是想当然
尔，真正有效的观察务必要
有独特的发现。本诗还告诉
我们：一个有力的细节发现
足以撑起一首诗。

本分

张红伟

我执拗地隐身于北方大地
利用祖传秘方的绝技
使麦子的一生大于天下

伊沙点评： 以本诗为例，请抒情诗人和意象诗人放心：你们的好，本主持看得出来。本主持 1987 年以前修的就是这两门课，曾译了众多这两门的大师。本诗首先表达的意思好，其次三句都不错，尤其最后一句，有一点用词上意外地出神。我也看了作者的其他诗，三句以上，方寸便乱。

玫瑰有刺

杨宪华

用了这么多洗衣液
只有这一瓶
让我的手起了一层皮
请让我
把它的名字公布于众
汰渍全效 360 度
高效能洗衣液
洁雅玫瑰香型

伊沙点评： 把批评写得像表扬，或把表扬写得像批评，即所谓"正话反说，反话正说"，便是典型的后现代语境，这与新诗中一本正经的讽刺诗有明显区别。在这方面，我是先驱者，三十年后回头看，至少后现代让我比你们现代。

留点柴给山神

发星

不要把焰火全背进家中

山神在冬天一样寒冷

他睡在你留在山中的那束焰火中

他看见你在背回家中的焰火中对着他悄悄微笑

伊沙点评：我与同龄诗人发星20世纪90年代就开始通信了，到去年在西昌"邛海国际诗歌周"上才见了第一面。他发给我他自己的诗，我没推；他推荐给我的西昌青年诗人，我反倒选出两个推荐了。发星表现得很有气量，继续给我诗，继续向我推荐西昌青年诗人。《新诗典》选诗，也是在筛选人品，这样的朋友值得我交一辈子。天遂人愿，今天终于迎来了发星日，是一首质朴淳厚的大凉山的诗。

鞋盒

李荼

大姨把所有家庭成员的电话号码
记在为她老后（死后）预备的新鞋的鞋盒上
如果有人向她索要对方的联系方式
她便宝贝样端出鞋盒
拂去上面的灰，准确地将电话号码找出来

伊沙点评： 本典有二怪皆姓李，男怪李勋阳、女怪李荼，不怪不成诗。不过近期以来，他们都表现出"我不怪照样写得好"的气概——这是在长诗，在增厚。拿本诗来说，怪在情节细节，而不是人为的干预，这就老辣了。

学来的本领

杨渡

他告诉我
他能画一个女人的裸体
只需要三笔

事实证明这需要四笔
只是四笔
我试卷的名字边上
多了一个女人的裸体

画完后他反复强调
这是小学时的同学教他的
不是他自己琢磨出来的
不是他自己琢磨出来的

2017/12 /13

伊沙点评： 哟，有人又要肝颤了，00后少年诗人又来了。这样的诗，莫说你们这些老朽当年写不出来，就是现在也写不出来。成年写不出少年诗，成年写少年仍是成年诗。有人本事不大、才没多高，却要当诗霸，你们霸得了吗？

饶恕

铁心

过来一人
把烟头摁在花盆里
又过来一人
把烟头摁在这个花盆里
每个来到的抽烟人
都喜欢把烟头摁在这盆花的泥土里
还好
我吸完烟
在空中划了一圈
我只祈祷

2018/03

伊沙点评:《新诗典》诗人中有一股隐形的势力,应该叫作"美术青年"。这股力量是把"双刃剑",玩好了与先锋在一起,玩不好就是优越感十足的消费者而已。铁心正是这股势力的代表人物,需要时刻警惕自以为绝对正确的那些观念性的东西。

冬日速写

双子

暮色之中

公园深处

一个老太太

正推着一把空轮椅

慢吞吞地走进

一片松树林

伊沙点评：又是一位"美术
青年"。本诗写出了神秘，
在典诗中算上乘之作，对得
起作者所获的《新世纪诗
典》2017 年度大奖——第
七届"NPC 李白诗歌奖·入
围奖"！作者需要自问的是：
如此上乘好诗，对于你的整
体创作而言，是偶然，还是
必然？

雪后校园

起子

空旷的
一整片白的
操场上
只有我同事的
读小学的儿子
一个人
挥舞一根树枝
一脸严肃
把我的学生
那些高中生
在课间堆的雪人
杀了

2018/01/26

伊沙点评：还是一位"美术青年"，他们共同的优点都是有较强的画面感，"造型"能力强。本诗有风险，取决于分寸，意图越强越失败，我们都知道作者想干什么，就看他装作不经意装的程度如何（艺术有时候就是需要"装"），最终的结果也只是刚刚及格。

瞎混去吧

闫永敏

我回忆当年放弃考博的事
母亲建议我现在就去考
她说反正你不结婚
瞎混去吧

我准备去西安旅游
她说反正你不结婚
瞎混去吧

我想吃榴梿比萨
反正你不结婚
瞎混去吧

你再这样说就写出来
反正你不结婚
瞎混去吧

伊沙点评：据我所察，不向往长安（西安）者，岂是真诗人；到长安而不心生喜悦者，岂是真诗人；到长安而不想在"长安诗歌节"上一展诗喉者，岂是真诗人！中国当前最优秀的口语女诗人之一闫永敏女士再次证明了这一点。本诗正是她在"长安诗歌节"第302场（伊沙、老G新居场）中广受好评的一首。

狗粮

马金山

星期天
去拜访王局
我在他家楼下商店
买了两袋狗粮
在他家
我从提来的袋子里掏出来
局长很意外
连忙说兄弟你
有心了

伊沙点评： 马金山可谓后崛起的 80 后诗人，崛起于《新诗典》，他一开始只是一个写小诗的诗人，几年来我见证了他的成长。他近两三年的入选率明显提高，一来是会写了，写得到位；二来是实力增厚矣。

人生之战

张文康

父亲、二叔、三叔

二叔家的哥哥、我、三叔家的弟弟

这六个人是我们家

上坟的常备军

征战的对象不过是

每年清明节、中元节、春节之时

爷爷的坟头

大爷爷、三爷爷、六爷爷的坟头

老爷爷老奶奶的坟头

去年

父亲叛变了

从一员大将变成一座新坟

我奉命亲征时

竟然油然而生一种自豪感

眼前的敌人里有那么一支

只属于我

伊沙点评：哦，我的母校北师大还在出诗人，只是不再出于文学院，张文康就读于哲学系。从 1.0 到 2.0 是值得祝贺的，因为它意味着从一到多，是最难的。

清明时节

孙圣国

这雷声听着熟悉
在地下劳作的人直起身子
支着耳朵仔细听
而后他重新操起锄头刨他的地
——两团棉絮堵住
斜过来的风

伊沙点评： 我的邮箱做证：本诗作者孙圣国是《新诗典》投稿最勤的人之一，投得勤自然是因为写得勤，从1.0 到 2.0 的升级也便来得快。本诗到底该算口语诗还是意象诗？我也不敢肯定，你说罗伯特·弗罗斯特写的是什么诗？所以呀，有的诗并不是那么泾渭分明。

野草

刘春潮

野草野草野草
一窗接着一窗的野草
从火车内望出去
满眼都是野草

在这个每一锄头下去
都能刨出几件文物的北方
野草连着野草
野草们不分彼此
让人猜不出
哪一堆下面住着帝王
哪一堆下面埋着百姓

伊沙点评: 本诗来自诗人江湖海的助攻,内容与手法比较传统,属于老树新枝。所以呀,传统一点的作品写得好,我照样看得见,但凡有一点好,我都会看得见。入不了典的人是真的写得差。

效果

寒玉

那年早春

我跟搞摄影的朋友

顺着泗河堤拍片子

他遇见一个放羊的老头

蜷卧着晒太阳

给那老头一根烟抽

然后让老头在

浇庄稼的机井房旁

摆了几个动作

弯着腰慢慢走

手搭凉棚远望

靠坐墙根耷拉头

为了追求效果

朋友让我在上风口

一把一把扬撒着黄土

拍出了一组所谓

"老无所依"的片子

得了国家级大奖

伊沙点评：记得我看过一篇文章，揭露多个获得全国金奖或国际大奖的照片是摆拍出来的，看罢觉得很恶心，因为其中有的作品曾经感动过我。本诗写得好，它存在的意义很高：谁说我们是不知反省的？这种自我揭露就是反省的明证！

人

海菁

我想知道
镜子那边的人
是怎么生活的

2018/01/17

伊沙点评：曲奇饼小朋友在她第二次被推荐时，要求署其本名：海菁。第一次推荐她时，我只把她当作 00 后，没有意识到她其实是 10 后（2010 年以后出生）——《新世纪诗典》推荐的第一位 10 后诗人。在《新世纪诗典》和《世纪诗典》中，早有过 10 后——那是出生于 1913 年的纪弦先生，最老的与最小的之间相差了九十八岁！我这是名副其实的"世纪大选"，中间涵盖了十一代诗人（如果以十年为一代）！

鸣沙山

刘强

沙子从指缝滑落

没有响声

看不出一二三

沙子反复从她的指缝滑落

我看得有点不好意思了

她才抬起头

望着我笑了笑

一个人千里迢迢

坐在沙山上玩沙子

一个人千里迢迢

站在沙坡上

看一个陌生人

玩沙子

伊沙点评： 在江油诗人群中，刘强是纯度最高的一位，或者说他就是一个纯诗诗人。我有一个愿望，假如刘强住在西安，我一定要把他拉进"长安诗歌节"，他的存在可以让别的同人不怕做小诗人、纯诗人，时刻警惕假大黑粗。

那个人

蒋雪峰

2018.3.2

那个生下我的人

那个给我喂饭的人

那个挑着我

到青莲给我

看病的人

那个把我

从水里捞出来的人

那个教我认字的人

那个至今喊我小名的人

那个咽气前念叨我的人

那个教我喝酒的人

那个给我递菜刀的人

那个给我打电话

说喜欢我诗歌的人

那个曾经爱我

现在记不清脸的人

那个切除我一个肾的人

那个把我从昏迷中

救醒的人

那个教我收税的人

那个隔着一块麦地

对我挥手

永不再见的人

……

他们

不是一个人

他们把我

这块血肉

变成了

一个人

2018/03/21

伊沙点评： 在江油诗人群中，蒋雪峰是综合实力最强的一位。他是"国字号"的诗人，却常常在"四川省队"打不上先发，所以我要把"NPC 李白诗歌奖"首设的"特别奖"授予他——这项奖就是为名与实严重不符的诗人而设，因替诗行道的迫切性而发。

简单的爱

桑格尔

每次看见妈

她都说，还有米吃吗

没有了过来拿

买，贵

把钱省到

今后供你娃娃读大学

伊沙点评： 桑格尔是江油诗群中的一位实力诗人，看本诗，写得多好！简单的爱，是实在的爱，写的是中国人最真切的生活，这才是中国的伟大诗歌！我们对自己的创造一定要有清醒的判断和认知。

地震已成为生活的一部分

龚志坚

"求求你

别再抖

床都快散架"

"不是我

是地球"

我不由心生佩服

老家伙的腿功

竟如此了得

我和妻子

不得不下床

抱住水管

这家里唯一的大腿

摇啊摇

差点就摇到外婆桥

伊沙点评：江油不但有李白，还多地震，是 2008 年汶川大地震的重灾区。这次果然选出一首好的地震诗，带着四川人特有的喜感，写得很高级。好诗出日常，并不出在成为热门题材时。

在当涂李白墓园祭拜李白

蒲永见

随着人流

在李白的墓前

献上一枝秋菊

鞠几个躬

绕墓走一圈

祭拜就算完成

我刚跨出门槛

心就咯噔了一下

我有预感

这是李白的魂灵在敲打

你是我老家来的

就算别人不知道

你也应该知道

我喜欢酒

我愧疚难当

默默地对李白说

对不起，老祖先人

下次来，我一定带几瓶诗仙阁来

顺便，把帽子和长衫

也给你带来

2017/11/04 马鞍山初稿

2017/11/06 江油定稿

伊沙点评：江油诗人展，无人写李白怎么行？但凡写李白，诗的质量要求便兀自提高。这个诗群的灵魂人物蒲永见自有其办法，他从李白长大的地方跑到李白升天的地方去拜了拜，这个"事实的诗意"便出来了，与芸芸众诗的区别便出来了。

031

尾巴

李倩雯

如果我有尾巴
我就可以使劲地摇
表达对你的喜爱之情
是多么简单的事情

伊沙点评：通过这次精心策划的"江油诗人展"发现新人，是我最高兴的事情，何况本诗作者还是年轻的 90 后女诗人。本诗写得纯，写得俏，写得逗。写抒情诗总得想点突破的办法啊，还是传统那一套，说明诗人的懒与笨。

度

凡羊

老张是我的朋友
喜欢晨练、冬泳、爬山
一天一天一年一年
从不间断
每次见我瘦胳膊瘦腿
嘴巴"啧啧啧"咂得山响

退休后我们多年未见
前年回江油在河堤上相遇
我笑着夸他练得不错
都挂上了拐杖

今年更是邪乎
那天，我去小区看他
他正坐在轮椅上举着哑铃
练胳膊上的肌肉

伊沙点评：我在课堂上反复对学生说：学习好不等于将来事业好——这不是多么惊人的发现，而是过来人的常识。还有便是本诗所揭示的：锻炼达人不等于身体好，往往还会身体不好。诗歌是干吗用的？就是发现万事万物真相的，并且须表现得有血有肉，活灵活现，妙趣横生。

尘埃落定

李宏伟

灰尘落到书上，我擦，灰尘落到手上
我擦，灰尘落到肉上，落到筋上，我擦
灰尘落到血管里，灰尘落到血液里
我擦，我擦，我擦，我擦，我擦
灰尘落进骨头和骨髓，落进黑暗的心脏
我以为自己会困在落与擦之间
直到把自己由里向外翻出，擦成灰尘
但灰尘穿过眼睛的缝隙，穿过呼吸的缝隙
一尘不染地落进地板上的纹路里

2017/10 /18

伊沙点评： 今、明两天推荐的两位是住在外省的江油诗人，是江油诗群的延伸部分。我想李宏伟可能愿意别人这么称呼自己：北京作家＋江油诗人。作为江油的儿子，有责任不断贡献好诗。像本诗这种向小里写、向内里写的努力是很可贵的，还带着作者一贯保有的形而上。

家事

西娃

婚礼进行曲刚刚响起
一脸稚气的新娘
被肥胖且木讷的母亲陪着
她看着我和我的妹妹，哭出了声
我的妹妹哭出了声

我站起来，弃席而去

新娘是我弟弟的女儿
她的爸爸，我的弟弟
在她结婚前的头一天
又被抓了，这个坐牢十三年
才回家两年的人
又面临坐牢，他和他的团伙
偷盗了一个高科技单位的发动机

就在刚才，新娘接到他从看守所
带出来的一张纸
上面密密麻麻写着——
丢脸了丢脸了丢脸了……

2018/03/02

伊沙点评： 在你处境越来越热闹的时候，你的写作已经不是最好的时候——这便是过去一年西娃的情况，在本典还出现多年少见的掉轮现象。但是这次江油诗人展，作为江油的女儿，她还是顶住了：老娘啥都不剩了，还剩下敢写——家丑不可外扬，她确实敢写。女诗人普遍比男诗人敢写，关键是前者的敢写里透着自然。

听雪峰谈起一个著名的知识分子诗人

君儿

先是在茶楼喝茶
结果他要酒

啤酒上来了
他喝了几口说酒不好喝

匆匆转移到另一家酒楼
结果他又没喝几口

问
此地有新红颜没有

伊沙点评： 历时十日，包含十位诗人十首诗的"江油诗人展"圆满结束，可以君儿的这首诗当作"代后记"。本诗让我想到足球场上的脏活儿累活儿，属于清道夫和防守型后腰专干的，一个女诗人在干。在我眼中，君儿不是天才，但她永远在干对的事情。在诗中从未鞭挞过假丑恶的男诗人，你们不觉得自己可耻吗？

第二辑　豪猪

一个男人发出奇怪的声音
冬夜我从他身边快步走过时
豪猪，这个词跳了出来
醉酒让一个人接近了动物
不，接近了我想象中的动物
我什么时候见过一只真正的豪猪呢
从来没有

——里所

马博物馆

庞琼珍

一尊马的雕塑

半露出厩栏

近看居然是一匹活马

囚禁在两平方米展台

局促地探出

活体标本的头

鬃毛被涂成彩色

编成发辫

它和我一样

每天上八小时班

2018/03/18

伊沙点评： 绝了！这是把死马先写活，然后再把活马写成死马。如果是作者硬想出来的，你恐怕得惊叹作者的头脑，但按照"事实的诗意"的原理，似乎又不难，而文本是一样的——所以，真正会写人，是让"物"来帮"我"写的人。

彩礼

摆丢

对未来的岳父
扔下一句：你女儿
是金子做的吗
但顾及女友肚里的孩子
小朱还是答应了
打折后的彩礼——
二十八万八
老爸给十万
自己有五万
再借五万
余下的
女方家要求打欠条
小朱还完账
儿子刚过四岁生日
老婆终于同意
离婚

伊沙点评： 目前的摆丢，也不是自己最好的状态，日子过好了吗？不是所有的诗人都经得住好日子。与其最好的时候相比，其作品的颗粒感和斑驳感没有了，失去了这份难得的质感，开始比拼文人的思路。那你可没有优势，自命为"蒙古海岸"的一支普遍染上了消费时代的小文人气，其实是集体陷入了大迷茫。

敬烟

夏酉

父亲坟前

磕过头烧完纸钱

他点了一支大重九

深吸一口

确定不会熄灭后

烟嘴朝里

放在碑座上

然后自己点了一支

边吸边说

爹，这是好烟

一百元一包

你生前的时候

我还吸不起

2017/11 /14

伊沙点评： 谁都无法占尽天下的好诗，这便是诗人的有限性。我有过与本诗所写一模一样的"事实的诗意"，不知为何就是没有写，别人写了你体验过未写出的内容，你就得服。

国家地理

阿毛

由北而南，一路看尽

北极村冰花、北京月季
乌鲁木齐和拉萨的玫瑰
上海玉兰
武汉梅花、广州木棉
福州迎春花

台北杜鹃花
香港紫荆花、澳门荷花

粉紫花开遍南沙
五湖四海的浪花溅湿我的头发

现在，我在一个界碑处
看到我衣服上的印花牡丹
忽然悲伤

伊沙点评：我在诗中感慨过：幸亏我生在一个大国，它会让你的诗中有一种天然的辽阔与丰富——这种辽阔与丰富，或者说最起码这种努力与追求，我在本诗中见到了。而止于悲伤，则是出神的一笔。

感应

独离

爷爷的眼睛已经和夜晚的光相融了。

早晚，他站在村口，
听着大路上，
行人的响动。
判断上学的我们出入的信息。

我们一个个远走了，
爷爷躺在地球上侧耳聆听！

2018/05/02

伊沙点评： 久违的哥哥助攻
了久违的弟弟——在本典上
久违，那一定是写作上出了
问题，哥哥有哥哥的问题，
弟弟有弟弟的问题。本诗也
能看出独禽的问题：打铁匠
非要当秀才，司机偏要文绉
绉，这是诗人的自由，但作
为编者，我得等你真正具备
了秀才文绉绉的好之后才能
再选，于是两年过去了。

伤口

李文俊

一直累计

我身上的弹着点

多少次了

医生说

弹道离心脏可用毫米计算

所幸我活了下来

可大半生

没有找到弹头和射击的人

每当天气发生变化

我强忍着疼痛

躺到只照着我一个人的灯光下

寻找伤口

而立起来

仍像个靶子

2018/05

伊沙点评： 这是把超现实写成现实，写成"事实的诗意"，比较高级。还有一点启示：向内的诗，用外化的形象来表现，更符合诗之本质。

我们仍奔跑在父亲的期望中

释然

翻阅父亲的手稿

想起他曾失望地

看着我们

没一个写诗的料

等最小的弟弟

升入大学

他无不遗憾

这么多孩子

没学医的

如今

因为兴趣

我破天荒成了

诗人

多年在媒体行业打拼的妹妹

忽然转行中医

此时

父亲离开我们

已经十年

伊沙点评： 在选稿时，可以说，所有入典诗都被我所欣赏，但真正打动我的并不多——本诗正是这不多中的一首。我被诗中父亲的形象，被他信奉的价值观所打动。说老实话，我在现实生活中从未见过希望自己的孩子成为诗人的父母，反对者倒是不少，我自己就是在父母的反对中逆反而成的。我族中有这样的父亲，我族有希望。

两个女同事

柏君

她们都和我

下过象棋

一个认认真真

每一步

都深思熟虑

后来她考上研究生

另谋高就

一个经常耍赖

不断悔棋·

后来成为我的妻子

2017/04/23

伊沙点评： 有意思！有道理！这其中知识的含金量巨高，有女性魅力方面的，有男性心理学……试想，如果没有口语诗，诗歌便是一种游离于文学与哲学之间的怪胎，是口语诗让诗歌回家了，回到了文学家族中。没有口语诗，诗歌在当代文学中便没有发言权。

礼物

吾桐紫

在市公安局

拜访侯马老师

临走时

侯马老师要送若昕礼物

让若昕挑选

他书柜里的书

结果很多书

家里都有

侯马老师为难了

最后从书柜里

拿出一个袋子

他告诉我们

袋子里

是俄罗斯警察局局长

送的警徽

我把带回来的警徽

悬挂在家里

从那以后

每晚睡觉

即使门没反锁

我也觉得很安心

2018/04/06

伊沙点评：满七年的《新诗典》，一些人越写越糟，把自己从常客写成稀客、写成过客，一些人则越写越好……吾桐紫当属后者。本诗是一首在各方面都可以打高分的诗，从取材到完成度，信息丰富得几近饱和，是她自己的新高，也是近期最佳诗作之一。

拔罐

庄生

2018.5.20

昨天夜里
蚊子给我
拔了
五个罐

2018/05

伊沙点评：不瞒您说，遇到这种诗，我也会问自己：这是诗吗？假如我没有发明"事实的诗意"，我就会问自己：一则幽默算不算一首诗？一个妙喻算不算一首诗？发明之后当然就好办了。事实上，这不仅是一首诗，还是一首先锋诗，因为它敢在临界点上写。

豪猪

里所

一个男人发出奇怪的声音
冬夜我从他身边快步走过时
豪猪，这个词跳了出来
醉酒让一个人接近了动物
不，接近了我想象中的动物
我什么时候见过一只真正的豪猪呢
从来没有

2018/01/11

伊沙点评： 本诗对作者本人来说非常重要，甚至可以说具有里程碑的意义，这是解构＋还原两大元素第一次出现在里所诗中。在此之前，她一直是经典建构意识的写作者，从此多了两种武器——不仅如此，是多了一个维度。

严肃的一刻

艾蒿

他终于挤了进去

玻璃门关闭

他的脸被挤在

玻璃门上

他不得不看着

外面

没挤进去的我

我也

看着他

地铁开动

他慢慢地转动眼球

一直看着我

直到我们谁也

看不到对方

伊沙点评：两首以上过线的好诗，择其一而推之，这种现象在本典不少见了。但是两首大好之诗，让我无法择优而推，只能以预计效果而推，这种现象还是首次出现。制造这种现象的光荣的诗人是当前创作状况火热的艾蒿。"长安诗歌节"同人问我为什么会如此，我说这是一个真正的好诗人首次获奖后所激起的万丈创造力，资源的公正合理分配真是太重要了。

无题

蛮蛮

年前的几天

从地铁站到房东家

那条路上

有三十多米长的一段路面

被迅速地画满了

磨盘状的白圈

一个挨着一个

每个圈里都有一个名字

每次从那里经过

我都小心翼翼

如入雷区

2017/02/06

伊沙点评：伟大的别林斯基指出：长篇小说是资本主义时代的史诗。我想说：长篇小说做不了中国特色的社会主义初级阶段的史诗。我希望：我的诗能够做，《新世纪诗典》能够做，譬如风俗卷，本诗正是。有了这样的诗，中国诗这个概念方才成立。

我得罪过一个人

绿天

那年民主推荐
杨乡长过来找我
让我只投他一票
我答应了
可填选票时
我还是写上了
工作创新的彭××
没几天
杨乡长过来说绝交
他说一共才得两票
一票是自己投自己
另一票
是想提拔他的书记投的
绝对不可能是我

伊沙点评：真实的，太真实了！我也写过类似的一首，反过来：没有投我票的某评委还要暗示我，他投了我的票。一个民族的自省与自我批判是其开化智慧的表现，《新诗典》累积着这样的诗章。

051

骆驼也有国籍

詹弢

沙特和卡塔尔断交

很多骆驼被驱逐出境

死在了回国的路上

为此，卡塔尔在一些地方

设置了紧急避难所

预备了水和食物

等待它的"国民"

生而为骆驼

第一次感觉

有国籍真好

伊沙点评：江湖海近期来稿选空，写疲了所致，助攻的诗人却都不错，本诗作者正是。这让我感慨：即便是二手材料，中国人写国际视野的东西也都来得如此自然，是过去无法想象的，所以说国家的发展程度关乎诗人平台的高矮——这话没毛病吧？

父与子

大友

我再婚儿子是知道的

再离他也知道

再离后又婚他就不知道了

在北京读书的儿子

寒假刚进家门

我干咳几声后和他说

儿子有件事电话里我不好意思说

现在也还不好意思

但我必须说

我又给你找了一个阿姨

他嘿嘿一笑

爸爸您不好意思

又不是

第一回了

伊沙点评： 对于口语诗人来说，没有什么不敢写的，反倒需要警惕表演式书写。本诗写得好，表面上很幽默，骨子里非常严肃，父与子之间的微妙跃然纸上，这是生活之诗、人性之诗。

她

三四

她走后
我从花盆的下面
找出她房间的钥匙
打开屋门
我只是想看看
睡在我隔壁的
这个二十岁姑娘
她的房间
到底
布置成了什么样子
有一次我从她的枕头下面
翻出了一盒避孕套
这让我有一阵儿
都非常失落

伊沙点评： 本诗是一首心理诗，而不是存在诗。它的着眼点并不在于"她"：二十岁姑娘的存在没问题，人家活得很正常，而在于"我"，是"我"的心理出了毛病。

旧西装

周鸣

三十年前
我做过两次
走私生意
就是把外国人
丢弃了的旧西装
从福建石狮
偷运到浙江黄岩
贩卖给男同胞们
那段时间
我每隔一天
就换穿一件洋垃圾
还挺人模狗样的

2018/04/25

伊沙点评： 我老提醒王有尾：你的问题是典外诗不够好——这句酷评适用于大部分《新诗典》诗人。为了保持看稿时的新鲜感，我平时不读别人的诗，偶尔忍不住瞄几眼。周鸣平时发的诗并不好，如果怀着这个成见我就不看他的来稿了——好在我看了，选出了本诗，甚至有点意外。

童年记事

岳上风

"赊小鸡唉赊小鸡……"
一开春
挑着担子的卖鸡人
就在乡间吆喝起来
那声音拉得很长
像唱曲

再开春
鸡就下蛋了
他又挑着小鸡来吆喝
并拿出记账本
找上年的赊鸡户

日头要落时
他担走满满两筐
土鸡蛋

伊沙点评： 赊小鸡——多有诗意的民间风俗！但是传统诗歌写过吗？传统诗歌并不一定能写出传统生活的诗意！观念很落后，武器不先进，让生活的事实的诗意在眼前白白流走，然后再闭门造车生造诗意。最终改变这一切的不是抽象的现代诗，不是强指的先锋诗，而是具体的口语诗。

幸福是什么

冈居木

学校门口

被城管撵跑了

又回来的小吃摊前

学生扎堆举着手机

扫微信付钱

女摊主

面对着他们

脸上的笑

看上去

比记者采访她

"幸福是什么"时

幸福多了

伊沙点评： 貌似指出这一点并不难，但最终还得由我指出来，古诗中的"新乐府"在现代诗中复活了，具体体现在口语诗中。在口语诗之外，"人民"的表情是模糊不清的，只是一个大词，是口语诗的成熟让他们的面目清晰生动起来；而且只有在口语诗中，"关怀"转化为"表现"，避免了文人高高在上的优越感和情怀的酸。

监控

游若昕

我们班

装了监控

一开始

很多人

都很不自在

现在

我们一进班级

就会对着

监控敬礼

嘴里说

胡老师好

或

郑老师好

2018/04/27

伊沙点评： 游若昕是《新诗典》的孩子，她是《新诗典》这所诗歌学校的"住校生"，六年来我们看着她长大，看着她成为第一个夺取成人诗歌大奖的孩子。她写得再好，我们都不吃惊；她成就再高，我们都不吃惊——可面对本诗，我们也难保淡定。少年强，则中国强，国少队，在本典。

如果

江睿

妈妈问我
如果妈妈病死了
你怎么办？
我都还没长大
你怎么可能死呢？
都说好了你要照顾我到大
我来养你老的
怎么老是要变卦呢？

2018/02/07

伊沙点评： 果然如我所料，儿童节一到，各种儿童诗人的小辑纷纷出笼，但是形势已经变了，那种奶声奶气的小天真已经不行了，来自《新诗典》的国少队在步步紧逼。如果说游若昕、姜二嫚是天生的诗歌小精灵，江睿则是来自生活的铸造，她有一种天赋在成全她，那就是她敢于直面生活的裂隙，从不放过（比多少大人强）。所以每次读其诗，你甚至会感到心情沉重。

见我写的一组日常生活

一位美国女诗人惊呼

"天哪，过这么无聊的日子"

我只好实言相告

"达摩面壁更无聊"

——轩辕轼轲

祭日狂欢

沈浩波

每到一个著名诗人或作家的祭日

那个已经死掉的家伙就会兴奋得像

出版了一本新书一样

从坟墓里跳出来

挥舞双手宣传自己

倾听哗哗如春雨的掌声

过瘾极了

过不了几天

疲劳地重新沉入死亡

这是不是有点儿可笑

我问自己

如果几十年后轮到我的祭日

而我竟享受不了这个待遇

会不会心有不甘

在坟墓里气得磨牙

2018/04/12

伊沙点评： 本诗技术含量很高：总体上是一首后现代解构诗，又动用了超现实、恶谑等手法，写的是价值的迷失与幻灭。如果所谓"不朽"，是我们看到的这个鸟样子，那速朽也罢。

谁说达摩面壁无聊

轩辕轼轲

见我写的一组日常生活
一位美国女诗人惊呼
"天哪，过这么无聊的日子"
我只好实言相告
"达摩面壁更无聊"

2018/03/30

伊沙点评： 今、明两天推荐的两首诗有一个共同的信息、意识与主题：那就是经过四十年马不停蹄的紧追慢赶，中国诗人终于站起来了。拿本诗来说，在美国还有多少诗人没过诗内诗外的日常关？我武断地说，绝对占一多半，于是这位在中国口语诗人面前露怯的"美国女诗人"便有了典型，反击得漂亮！

现象

苇欢

我把自己的
口语诗
译成英文
投向海外
屡次遭拒

我把以前在海外
成功发表的英文诗
回译成中文
首首都是
抒情体新诗

伊沙点评： 中国诗人站起来了。苇欢属于后崛起的 80 后，后崛起意味着她还拥有好奇心，并已掌握中国诗学的成熟武器；同时她是大学专业英语教师，拥有双语写诗能力，于是便制造了这么一个奇特的认识西方的角度，提供了这么一个珍贵的信息。不必莫名惊诧，我们是从大师开始学西方的，现在终于见到真相：西方不是大师遍地，到处都是凡夫俗子，而且我们知道的绝大部分大师都处于后现代之前。

爱情故事

梅花驿

刚谈恋爱那阵儿

无话找话

经常瞎编故事

讲给女朋友听

我曾经讲过

这样一个故事

说在新疆

一辆长途客车

公路上抛锚了

前不着村

后不着店

又遭遇了暴风雪

第二天

当人们发现这辆车时

车上乘客和司机

都被冻成了冰人

只有一对恋人生还

因为这对恋人

在暴风雪之夜

紧紧抱在一起

相互取暖

才得以保命

女朋友信以为真

她一再追问我

后来，后来呢
惦记着这对恋人的命运
当然，这个故事
发生的时间背景
只能是六七十年代

伊沙点评： 去年在江油的某场诗赛，梅花驿还是三甲得主，从去年到今年这一年间，他却迎来了近七年来的低潮期，具体表现为：喜用"轻功"又用不好，硬功不硬老带拙，即便是本诗，也有点拖泥带水。

吃饺子

张明宇

女儿吃饺子

需要醋

必须老陈醋

倒上半碗

然后拦腰夹起

一只饺子

小口咬掉一头

刚刚露出点儿馅

然后往醋碗里

一猛子扎下去

灌满汁水

再轻轻夹着

送入已等待良久的

嘴里

太像她爷了！

2018/02/04

伊沙点评：身为中学语文教师，张明宇在诗歌写作中犯有职业病：爱下结论爱点题，老阶段性重犯。这一首他也在"点"，但碰巧"点"对了，"点"的不是主题，不是中心思想，而是细节的一个微妙处。写诗如修行，写现代诗就是做现代人的修行，明宇任重道远。

在看守处

杜思尚

看管人员指着监控屏幕说
这是刚进来的　不吃不喝也不睡
啥也不说　还大吵大闹
说冤枉了他　要给我们算账

这个　仨月了　每天这么走着
原来的大肚子没了　血压也不高了
开始比较纠结　交代完后
一觉睡下去　叫都叫不醒

这人快两年了　被子叠得豆腐块一样
还按时起床锻炼　该用的延长政策也用完了
但一个字都没说　放在过去　会是条好汉
可惜　生错了年代

2017/09/18

伊沙点评： 这是那种早就应该有人写出，终于有人写好的当代之诗。没有口语诗人，我们怎么办？诗歌怎么办？诗歌中就没有当代中国。本诗早就订货了，作者有些顾虑，稍做修改，在江油诗会再获订货。

稻草人

曲有源

前世想必

是抓住

一棵

稻

草

活下

来的因

为有恩图

报才心

甘情

愿

地

日夜守护

伊沙点评： 20 后，余光中、洛夫一走就没人写了；30 后，只有任洪渊很少地写着；40 后，食指、北岛很少地写着，曲有源很多地写着。中国诗人架不住一个"老"字，这便是我们不出大师的根源，在该成大师的年龄段正是我们的薄弱段。有谁能够预测出前名刊诗编、鲁奖得主、众人眼中的"官方诗人"曲有源能够坚持这么久，还坚持着面向现代的追求？

1976

王清让

妈妈生下了我
爸爸胸前却别着
一朵小白花
站在人群里
对着一张照片
抽泣

伊沙点评：一首家与国对位的小史诗，通过哭与笑的反差对接起来，看似很妙，其实不难。有句话我不知是否说早了（因为对有的作者算晚了），乡土气比较足的诗人入典，若想长久相随，一定要自我换心，否则推你不论多少次，也会是《新诗典》的敌人。

压力

普元

从江油诗会返回的路上
我和两个写诗的女儿
说起李白二十四岁
仗剑出川，远游四方
他的商人爸爸出金三十万
给他做盘缠
女儿问我
这三十万相当于现在多少钱
我说有人算过账
按当时的物价
可以买下三十万石大米
一石是一百五十斤
也就是四千多万斤
约合现在一个亿
说到这里
我和孩子们都沉默了一下

2018/05/29

伊沙点评： 在这个大数据时代，数据也成为重新认识历史的重要武器，本诗把这个武器用对地方了。要像李白那样闲云野鹤地度过神仙般的一生，得有足够的经济基础；写作浪漫主义诗歌，也得有足够的经济基础，咱们就别装。

2018.9.14

痛苦的观众

周芳如

肿瘤科住的都是
已经不能手术
或是在化疗的人
在等死
骨瘦如柴，双目无神，无力挣扎
绝望地呻吟

如果我亲爱的妈妈不是躺在其中一张病床上
眼前这一切多么像电影情节

2017/02/26

伊沙点评： 江湖海又成功地助攻了一位诗人。这位女诗人我之前一无所知，她不是这一首好，而是一组都好。读其诗很舒服，你能感觉到她自己写起来也很自然、潇洒、漂亮！

沉寂的花园

二月蓝

阳光缓缓地照来
香气
深浅不一
仿佛在思索着
绽放的理由

2018/01/30

伊沙点评： 一个意象诗人在一堆口语诗人中间，就像一个玻璃匠人在一堆打铁匠中间——这便是二月蓝在《新诗典》的处境。其难并不在于辨识度，而在于如何把玻璃做成漂亮的器皿——这件事足够难。在当前，要难于打铁匠们打制兵器。

在李白纪念馆

杨艳

长安诗歌节朗诵会的间隙
我和姜二嫂一起上厕所
路上
她嘴里一直念叨
气死了
气死了
男女不平等
他们男的可以参观
李白上过的厕所
我们女的却不行

2018/05/27

伊沙点评： 姜二嫂本来就是心手合一的天才，张嘴就是诗，怎么抓怎么有，刚好落在杨艳手里，于是抓出本诗。天然的口语诗人，都是伸手抓诗的高手，杨艳正是如此，本诗被她抓出了大意义。

世界杯

徐江

我阳台上
一直静静地
待着一只足球
从我第一次腿受伤
它就那样静静地待着
没对我笑过一次

伊沙点评：《新诗典》满七年时，满额诗人只剩下"五虎上将"，实话实说，我对他们的要求以及他们对自身的要求都在提高。"五虎上将"之一徐江在第八季第一轮里经历了有史以来第一次投稿选空的现象，稍做喘息卷土重来，便贡献出本典目前很需要的一首优秀的足球诗，特置于中国诗人节——伟大的端午节推荐。这个端午节，吃着粽子，读着本诗，看世界杯。

第一件羽绒服

水央

多年前的一个冬天
特别冷
母亲给上小学的我
手工缝制羽绒服
接连两周成都东郊
厂矿宿舍区
最后灭灯的那间房
不时飞扬着
轻柔的雪绒花

伊沙点评： 中国人很多概念
搞不清——譬如乡土诗，从
城里回头审视乡村方为乡土
诗；譬如乡愁诗，从异乡怀
念故乡方为乡愁诗，如果是
异国，乡愁似乎更甚，本诗
便是如此。旅居美国的作者
怀念故乡成都的少年时光，
感染力无可阻挡。

那些过早死去的孩子

南人

坟太小
小到
大风刮上几次就抹平了
小到
大人们念叨几次就忘光了

这些
短短的命
这些
小小的鬼

伊沙点评： 南人一思考，
伊沙就发笑。感觉型的诗
人——他的言论没法看，他
的思考与他的写作无关。你
感觉到了就成功，你感觉不
到就砸锅，实在不用想得太
多、说得太多。

垃圾如山

盛兴

一个老妇人经过垃圾箱后，久久回望
一步一回首
确定是一堆被翻拣过的垃圾
连个矿泉水瓶都没有
而垃圾车开过来
傲慢地铲起垃圾箱一下子把垃圾倒进车斗里

2018/05 /11

伊沙点评： 在江油的饭桌上，在酒后，盛兴对我说："《世纪诗典》是最伟大的！"——没错，他指的是老《诗典》。啥时候，他在"世纪"前加个"新"字，就是恢复如初或重新写牛了。年方四十，不要老活在过去。

还工

游连斌

母亲来宁德没住几天

就赶着回去

说是要趁天没大热

回去还工

父亲前年年底去世后

家里的农活儿

她请邻居帮忙

人家不要工钱

给双倍也不要

但是要还工

去年欠下一天

今年要干两天

还回去

2018/05/07

伊沙点评：太棒了！让我想起不久前推荐的岳上风的"赊小鸡"。什么是文化？这就是文化！《新诗典》推荐的诗一定有这种东西，中国的诗一定要饱含中国的文化——这可不是在故纸堆里寻找几个固定不变的符号那么简单。昨日我为"中韩诗歌交流会"写发言提纲，觉得自己的腰杆是直的，中国的当代诗歌让我充满自信。

079

亲和力

大九

同学在矿区

开路边饭店

我劝他

把饭店装修得新一点

把玻璃和地板

擦干净一点

他神秘地说

来这吃饭的

不是矿工

就是大车司机

太豪华

太干净

他们就会觉得

没有亲和力

伊沙点评： 众所周知，有"同人六虎将"在，想在西安走现场奖是很难的。今年"长安诗歌大奖"颁奖盛典朗诵会，大九拿走了亚军。我上次推荐他时说他是《新诗典》第七季里进步最快的诗人，应该说他天生适合写口语诗，一上道便怎么写怎么有：感觉对，把握准，分寸好。

计算题

吴冕

一家人吃年夜饭

我去厨房数筷子

大舅一家三口

二舅一家三口

我们一家三口

外爷一家两口

减去因心肌梗死去世的外婆

再减去因肝癌死去的大舅

三乘三加二减一再减一

……

等于九

小心翼翼地数出十八根筷子

我满怀敬畏之情

又突然觉得数筷子这件事

竟然变得如此神圣

伊沙点评： 陕西先锋诗歌后继有人，还是有些走正道的好后生。拿 90 后来说，有"四小龙一小凤"，吴冕便是这四小龙之一。他刚获得第八届"包商银行杯"全国大学生征文比赛诗歌类唯一的一等奖——这个由官方诗人、知识分子和抒情诗人组成评委会的评奖老评出的优秀的口语诗人（蛮蛮是两年前的诗歌头名），说明匿名读稿是真，可以引为佳话。

天桥上

李海泉

两个小孩

伸出黑乎乎的小爪子

向他要钱

他迟疑了一下 说

我喜欢干净的小孩

等会儿看谁的手

最干净

我就给谁

十块钱

伊沙点评： 西安 90 后四小龙之二：李海泉。他正在经历自己写诗以来进步最快的一个阶段，可以竞逐《新诗典》一个光荣的口头荣誉：年度最快进步奖。他每周听我两节课，我也借此做一个实验：看看我的课可以帮助有心人进步到什么程度，当年可是帮助韩敬源在校期间便写出经典之作《儿时同伴》的。

为马铃薯写一首诗

阿煜

据我所知

马铃薯通称土豆

我们那儿也叫洋芋

广东称之为薯仔

江浙一带称洋山芋

但那都不足以

让我为它写一首诗

直到这次去山东

听到最绝的叫法

一个难掩其土

颇具魅力的名字

——地蛋

伊沙点评： 西安 90 后四小龙之三：阿煜——他自甘肃迁居西安后，人变清秀了，诗的质地变细了，诗核变洋气了，诗思变巧妙了。他跟蛮蛮越来越有夫妻相——在诗内外。

小镇祸害

刘斌

镇上的黑老大出狱后

无家可归

过年找我父母

想和我家一起吃年夜饭

但除夕夜他没来

据说肇事了

大年初一包饺子

他才出现

看起来也没受伤

坐下一会儿吃出四个铜钱

我们全家七口人

总共才吃出三个

他打着嗝一走

我妈就悄悄说

祸害活千年

2018/03

伊沙点评: 西安 90 后四小龙之四:刘斌——其实是最老的一头小龙,人长得着急,不像个 90 后。刘斌是《新诗典》最早推荐的 90 后诗人中的幸存者——这话说得多血泪、多残酷!每代人中的第一拨儿往往多成牺牲品!刘斌有耐力很坚韧,在低潮期死扛不放弃,在高潮期趁机向前猛跑。

团圆日

王有尾

眼花的母亲
正把线穿过针眼儿
有几次
就差那么一点儿

旁边的二姐
夺过母亲的针线
一把就穿了过去

卧床一年的父亲
在床上练习翻身
有几次
就差那么一点儿

旁边的大哥
托住父亲的屁股和肩膀
一把就翻了过去

院子里
外甥外甥女侄子侄女
爬树的爬树
丢沙包的丢沙包

太阳正缓缓地
从一小片云彩里走出来
照亮一院子的人

伊沙点评：当代诗人，几个有名作？新世纪诗人，几个有名作？70后诗人，几个有名作？王有尾有，《怀孕的女鬼》》！但他人却不是很出名。无名作的非著名诗人叫正常，无名作的著名诗人叫耻辱，有名作的著名诗人叫踏实，有名作的非著名诗人叫老天爷欠你的。本主持天津推荐。

医院最好看的女人

西毒何殇

唐都医院住院部
十七层呼吸科
上来的女人
是我今天早晨
遇到的最好看的女人
她说那个叫崔凯的
男医生长得很帅
是护士们的男神
她和闺密旁若无人
嬉笑了一阵
才说
"我早就把自己
判了死刑了，
今天来医院
就是听他宣判的。"

伊沙点评： 陕西诗人周，西毒何殇来压轴。本诗信息丰富，并且暗藏写法——第一流的诗须暗藏写法，初学者读，就会写了，并且上的是正道。"长安诗歌节"同人，订货不足惜，大好才可贺，本诗属大好，西毒何殇有开喝的借口了。

讲台

唐欣

学生最多的俄亥俄州立大学
最有钱的是　费舍尔商学院
女儿带着他　参观教学楼 环境
似乎有些熟悉　又不大一样　来自
文明古国的副教授　不能不有所
表示　他登上讲台　面对空空的
半圆形的阶梯座位　煞有介事
背诵了唐诗《春江花月夜》

2018/05

伊沙点评： 我们给每届"NPC 李白诗歌奖"大奖成就奖得主的一份奖励是，一场在李白故里举办的个人作品研讨会。在我看来没有批评的研讨会是不上档次的，我个人为唐欣也准备了几句批评，因被主持人安排做总结发言而未说，现写于此处：一、老唐空半格甚至三分之一格之断句法，实在是太难看太不讲究了；二、语感越来越弱，写成个难看的方块体；三、重内容而轻形式。本诗的新意，也是来自内容。本主持延边推荐。

外星人

王紫伊

我觉得人才是外星人
要知道
地球上原来都是恐龙

2018/06/18

午后

辛刚

他推着一车砂浆
进了电梯
我也推了一车
等在电梯门外面
他越上越高
太阳明晃晃的
他的砂浆怕是要
晒熟了
我的砂浆在电梯外的
安全棚下
湿漉漉的

伊沙点评：我欣赏这样的质感——生活现场的质感让诗也充满了坚实的质感，这种质感你不亲手去触摸、感受和体验，是编造不出来的。另外，请不要把我爱强调的"平民主义"理解成"贫民主义"或"底层关怀"，后两者都是姿态性与策略性的，前一种是平视，是对自己现有生活的尊重与坚守。

贪官

韩德星

一千多万
存银行里
一分没敢动
被如数收回

现在他把自己
存监狱里
因剃了光头
像面善的方丈

2017/11

伊沙点评： 如果我没有记错的话，韩德星的首次推荐是在两年前，我应邀去浙传讲课订的货。从 1.0 到 2.0，用了整整两年，其间他投过多次稿，赵思运也推荐过他的诗，都未果，今天终于突破了。我希望他从 2.0 到 3.0 不要用两年。

第四辑 盛夏

一群毛茸茸小鸡
围观
一枚打碎的鸡蛋
等它
慢慢 煎熟

——石蛋蛋

遗产

简明

请记住：并且在第一时间
复述这句话，给我们的孩子们
普天下的告示，都张贴在门面上

请记住：阳光只比追随者早一秒
照亮别人，误差仅仅一秒
守住这个秘密，像骨肉一样结盟

伊沙点评： 为什么口语诗人大多能够看出书面语诗的好，相反则不成——书面语诗人对口语诗则沦为常戚戚的小人？因为 70 后以上的口语诗人在写作初期都写过书面语诗，他们懂书面语诗；书面语诗人从来没写过口语诗，自然不懂，所以常骂。像本诗这种从结构到修辞明显属于书面语诗的作品，本典推荐的还少吗？

母亲的嘱托

潘洗尘

父亲　从现在开始
你必须接受
我一个人的
两份爱

还有一份
是我们痛不欲生时
母亲让我
转给你的

2017/09/15

伊沙点评：诗人中真球迷不多，潘洗尘算一个——他还是一个忠诚型的球迷，从米兰王朝开始一直忠于 AC 米兰队。三十年来，快乐不多，国家队他自然支持意大利，可本届世界杯没有意大利，他转而支持克罗地亚，被 AK98 ＋黑哨顶住腰眼的克队恐怕凶多吉少。希望今天的推荐为今晚观球的他送去一份额外的快乐。爱是一种智慧，本诗是爱的教育。

拒绝总统

胡锵

特朗普想租借
凡·高的《雪景》
挂白宫他住所
被博物馆拒绝
或者说被凡·高
1888 年眼中
至今未融化的
那场雪
拒绝

伊沙点评：作者所写的事是事实，在美国是再正常不过的事，产生不了诗意；但在中国人看来，则完全不同：这太不寻常、太有诗意了。所以说，写世界，实则写自己，二手的世界，一手的自己。

无题

刘德稳

城市

饮用供水

已中断数日

几十辆

道路清洗车

还在加班工作

他们要在天亮之前

把大街

冲洗干净

伊沙点评： 看来洒水车问题大，我写过雨天还在喷的洒水车，其他诗人也写过类似的。如果一个诗人，连他所居城市的市政中存在的问题都不敢写，他（她）标举怀疑、否定、独立、自由，你们相信吗？

母亲节

了乏

小二黑叼来一块骨头
轻轻放在老迈的狗娘面前

2018/05/13

人马

周瑟瑟

每个人小时候

都有一双马的眼睛

睫毛巨长

盖住了整只眼睛

我静静地站在那里

看大人们

有说有笑走过我身边

我不为所动

我像一匹马

似乎没有看你

但我心里把你

记住了

长大之后

我认得出

我看过的东西

伊沙点评： 今、明两天推荐的诗人有一个共同点：我推荐的诗固然很好，但我感到他们的写作一直存在问题。今天先推荐周瑟瑟，他的创作量很大，但像本诗这样的佳作太少太难得了。绝对不是风格问题、口不口语的问题，他大部分的诗里没有诗，只有语和情，只有空洞的做功，没有必要写出来，以后要减量少写——多么奇怪！一个万首诗人，劝别人少写，个中因由，你们琢磨去吧！

牲礼

张小云

这天做节得有猪头

前一晚老头就让儿子办这事

儿子让自己媳妇去张罗

这儿媳妇最近受了不杀生的宣传

便打电话向发糕店定了蒸猪头

媳妇一大早就出门

临到中午才到家

老头已经把香点上了

儿子看到媳妇带回个假猪头

气得将媳妇往外推

给我去买个真货回来

边推嘴上边骂

你不杀生你就能打诳作假吗

老头瞪着儿子嘟囔

等她买回来都过午时啦

老头出门追上儿媳妇

抢回她手中的发糕猪头

供到案中央上礼

口中念念有词

2018/05/06

伊沙点评：张小云是"前口语"的一块活化石，对只知其概念不知其实的年轻诗人说：瞧，这就是"前口语"，它更原始一些，反而更显得口语化一些。我说另一个虽然时出佳作，但总体写作上存在问题的便是：他就像一个老农，一锄头刨出个树根，刨对了就对了，错了就错了，总是忘了雕刻。"清水出芙蓉，天然去雕饰"——毕竟还需要雕饰。

日本签证

湘莲子

我交出
我的户口
身份证
护照
我单位证明我
在本单位工作了多少年
每月拿多少钱
批了我多少天假
我在境外待多长时间的
证明

我的房产证
行驶证
银行盖章打印出来的
我半年工资
及十万以上余额的流水
证明

我好不容易托人
在五百多公里以外的
人民法庭
复印的
二十七年前的离婚协议
证明

我养的

那条日本柴犬

偷偷地

跟在我身后

好像也在

证明

2018/06/09

伊沙点评：出国办签证，对于中国人来说，是一场灵与肉的修炼。近期读了一篇伊朗大导演阿巴斯的访谈，他一辈子拿的都是伊朗护照，国际电影节的常客，还不是一国一国地签？

夏天

王奕然

我在阳光下

举着一根冰棍

奔跑

它在流汗

我在流泪

伊沙点评： 我对小诗星的发现终于来到了家门口，王奕然的学校与我同一城同一区。在小诗人颁奖会上见到他，一看就是聪慧的孩子。他这首诗，就是感觉好，你要说这是顾城的作品，我也会信——我们欢迎的正是这样的孩子的诗，而不是儿童诗。

小麻雀

段显昱

夏日的午后，
一只小麻雀
突地飞落到地上，
我以为是秋叶
等不及了，
提前驾临
窥探人间。

伊沙点评：本诗作者在这次陕西小诗人夏天诗会的评选中最终并未获奖，只是我个人给本诗打的分数较高而将它提取出来。只要是集体评奖，就一定不会做出最佳选择，民主化很可能会导致艺术的平庸化。如果说用"秋叶"比"麻雀"还不够奇的话，那么"窥探人间"就不是一般孩子能写出来的。

朝鲜冷面

金珍红

小时候，为了吃碗冷面

在家里闹腾好几天

最后以绝食来示威

农忙期的妈妈

实在是没办法

领我去了冷面馆

在收银台犹豫良久

只买了一张冷面票

然后多要了

一碗免费的冷面汤

那天我是吃饱了冷面

妈妈喝了两碗汤

包括我吃剩的那碗

> **伊沙点评：**这一碗朝鲜冷面，真叫人感慨良多，我相信，它既是中国朝鲜族的记忆，也是朝鲜人、韩国人的记忆。我试想：你把朝鲜冷面置换成陕西油泼面、山西刀削面、河南烩面、北京炸酱面、上海阳春面、四川担担面、重庆小面、兰州拉面……这首诗所提供的事实的诗意一样成立，这便是一首诗的成功：地方性中含有典型性，变成了世界性。作者是我在延边行时发现的朝鲜族女诗人。

盛夏

石蛋蛋

一群毛茸茸小鸡
围观
一枚打碎的鸡蛋
等它
慢慢　煎熟

伊沙点评： 对于本诗作者，我听唐欣说过一声：一个出租车司机，再就不知道什么了。再说《新诗典》早已过了为作者职业而惊诧的初期。在本典作者中，什么职业没有？本诗貌似平静，其实惊心，作者写的是人类吧？

理发

东森林

医院的前门
是卖各种小吃的摊贩
后门街上
都是卖寿衣花圈的小店
好容易找了个理发店
理完才发现
店内也卖殡葬用品
堆着黑袖套白花的柜子上
挂着个小牌子
"临终理发"

2018/04/13

伊沙点评： 今、明两天推荐的两位诗人有几个共同点：一、都是 1.0 晋升 2.0 的诗人；二、他们的第一首推荐诗都非常好，同时入选《当代诗经》；三、从 1.0 到 2.0 都用了不短的时间。东森林这一首突破在分量和绝，终于突破是值得庆贺的。本主持日本大阪推荐。

比我慢

王犟

所有的自行车

比我慢

所有的电动车

比我慢

所有的私家车

比我慢

所有的出租车

比我慢

我不是在往老家奔

我是在向老家飞

所有的鸟儿和飞机

比我慢

到了奶奶的小院时

奶奶已走了

我哭着大声喊

"奶奶!

奶奶!

奶奶!

您再也不能疼我了！"

我要抱着奶奶去追命

所有拉我的人

比我慢

2018/07/02

伊沙点评： 从 1.0 到 2.0，王犟也并不顺利，其间多次选空，也花费了相当长的时间。本诗突破在气足，一口长气贯穿到底，气足有时候并不是气的问题，说明其他多方面做好了。本主持日本大阪推荐。

后路

风雅颂

每年
高考发榜后的
"谢师宴"上
满脸通红的
班主任老师
说得最多的一句话
就是
"苟富贵，勿相忘
苟富贵，勿相忘！"

2018/07/05

伊沙点评：本诗贵在真实，更可贵的是这是具有典型性的真实，它貌似在中国大地各个角落的谢师宴上都发生过，老师的原话未必如是，但心声如是、意识如是。最近连续几位1.0诗人以好诗晋升2.0，希望能给1.0上钉子户带来鼓舞，心诚、努力、意识对头，一定会突破。本主持日本富士山推荐。

年关

原音

每到年关
母亲总会提起
我小时候
父亲贷款十块钱
让全家人过了一个好年

2018/01/30

伊沙点评：一个"贷款"，带活了全诗，用大词用得好的典范之作。剩下的满满都是中国人的生活经验和亲人情感。可以告慰世界的是：中国当代诗歌有能力写下逝去的一切！本主持日本东京推荐。

铜钥匙

张心馨

有人见了
我的钥匙
说你家
特有钱吧

伊沙点评： 对于成年诗人，不能所有的诗都到感觉为止，但是对于 00 后诗人，则完全可以如此。目前 00 后的几个小诗星，都是感觉天生好的孩子，包括张心馨，她用感觉写出的诗，包含丰富的社会、文化的信息。本主持日本成田国际机场推荐。

无题

吴野

清晨

鸟鸣盛大

我把手机放在阳台上

按下

语音智能翻译

录了半天

一无所得

伊沙点评：放眼这个鱼龙混杂的诗坛，有人太精，精得跟猴子似的；有人太笨，笨得跟笨熊似的——中途改换署名者，在我看来都属于笨熊类，那不是前头白玩了吗？连一点传播学的常识都没有！还显得那么随意。作者投本诗时署名吴野，我以为改回本名了，从小档案看，似乎又没有。不像正规军者，恐怕成不了大诗人。

自由岛

星尘小子

限购商品房

限购燃油小汽车

商品房和小汽车

这辈子是不可能买了

打工是不可能打了

做生意又不会

村里老宅又没开发商征地拆迁

做拆二代短期内是不可能了

当保安

工资低

不自由

有点儿时间

喝老爸茶

去按摩店几次

买几次七星彩

想再多

也是要死的

伊沙点评： 地方化的生存之重——有此二重合一，本诗想轻都轻不了了，想坏都坏不到哪儿去了，作者又悄然地进步了！我就是这么个观念：纵然你写尽大千世界，但是没有个人生活，前者越精彩，后者越难堪，豁免自身的写作是低级的。

推理

袁源

在任何一座建筑内部
打开它的柜子、抽屉
翻看挡板底下
检查暖气片缝隙
空调和墙的连接处
任何一个隐秘的角落
所见之物无一例外
全是垃圾
你就可以断定
此处曾被用作教室

伊沙点评: 好诗!力作!不是一般地入典,属于光荣地入典!六年来,我眼见着这位诗人从后发现的 80 后诗人,成长为中国当代优秀的重要的诗人。他是土生土长的《新诗典》代表诗人之一,是达到"长安诗歌节"同人水准的不多的西安诗人之一,是西安青年诗人走正路、取大成的典范之一。

吃灯泡

侯马

我饥肠辘辘

好不容易发现

一个煎饼摊

排队交钱

煎饼眼看就要摊好了

突然远处城管出现

摊主蹬车就跑

我立即猛追

在小区深处

追到了摊主

他拿出五块钱还我

我说不要钱

给我煎饼

他说灯泡炸了

里面都是玻璃碴

2018/02/26

伊沙点评： 简直就是一部精彩绝伦的短片，可以得国际大奖的那种。如今这把年纪与身份的侯马不适合出演，可以导演，可以由其子衡夏尔出演，其弟衡晓阳投资，煎饼摊摊主一定要找个真的，说天津话的；还有城管也一定要真的，说保定话的……我的推荐语就算策划吧。

东京面条

江湖海

东京王子饭店

一路之隔

轨道枢纽站的底层

我吃到了

只在我的老家马头山

才吃过的面条

那是一种磨粉晒粉打浆

再漏丝晒丝

在乡村大鼓的鼓点中

经过一道道

精细的工序才会诞生的面条

是韧性十足

吃起来麦香满嘴的面条

我十四岁离开故乡

吃过甜酸辣各种各样

味道夸张的面条

它们的速成让家乡的面香

渐行渐远

没想到这一刻会在东京遇见

头顶不时有列车

进站或启动的声音传下来

高低分明的节奏

和马头山大鼓发出的

也没什么两样

伊沙点评：作为理论家与批评家，天知道我有过多少有效的命名！这回说的是"自旧"——指的是资深诗人长期大量写作终于难逃窠臼的现象，江湖海也遇到了。但是东京的"新"，让他走出了自身的旧，成就了这个冠军诗篇。我早就感慨：如今写一首好诗的成本越来越高，大部分人根本不知道在说什么，大部分人也根本不理解我为什么要把《新诗典》诗人组团出国。

114

2018/07/25

王牌特工

蒋涛

李叔把

窃听器改成

助听器

让我妈戴

我妈

不爱戴

说

讨厌那玩意儿

2018/07/12

伊沙点评： 当"窃听器改成／助听器"这样的句子一出现，这首诗就成了。我早就认识到：有趣即诗——但是又怕哲学的表达陷入争议，便换作科学的表达，科学原本的内容没了，这就是我在诗中说的：我所有的低都是环境带给我的。

抢号

图雅

某大学财务报账大厅
早晨五点就有人排队
现在变成网上排队
该校理工男
争前恐后发明小软件
抢号
把抢到的号
卖给需要的老师

2018/06/28

伊沙点评：《新世纪诗典》国际系列诗会已经形成规律，前几场比积累——都是诗人们数月准备之作（厚积薄发），后几场比在现场写异国（再动积累你都会不好意思），这么一个过程下来，你不想变强都难。本诗是图雅在日本的先声夺人之作，首场便拿下季军，这一路心里便踏实了。

一只在左边

一只在左边的左边

只有另一只比较独立

既不在左边

也不在左边的左边

——张后

佛国

宋壮壮

老挝男的

至少出家一次

我们的导游红利

说他小时候

出家过六个月

早晨天蒙蒙亮

他和众僧人赤脚排队来

接受布施

在布施的民众中

有时会碰到自己家人

他仍是按照规矩

不说话

只是会笑一下

2018/02/10

伊沙点评: 本诗的产生与订货是《新诗典》国际诗会的良性循环:半年前的老挝行,宋壮壮出了大杰作,本诗被自己PK下去了。这次把他带到日本,头一场诗会争冠的紧要关头拿出来,拿下冠军,又重获订货,也不违反比赛规则,还让大家在世界上发达国家之一的日本来审视世界上穷困国家之一的老挝。

老司机

易小倩

日本之行的司机
是个七十多岁的
日本老人
每次我上车
他都会笑眯眯地
捏捏我的双下巴
同行的蒋涛告诉我
日本的老头
都是色狼
也许你唤醒了他
某些青春的回忆
不过也没事
你让他捏两下
他心情好了
待会儿给我们开车
会安全一点

伊沙点评：本诗貌似平常，难度很高。有人说"口语诗是世界观"——看来，口语诗人的世界观还是坚定的，回到写作最朴素的基点：你没有感觉到的，就不要轻下结论，谁说什么都别听。本主持北京推荐。

又不是比惨

高歌

离了
孩子跟谁

跟我
跟谁都是累赘
谁要谁爱得深呗

比起我前夫的
多次出轨和家暴
你这个就矫情啦

我不忍心纠正她
这一点都不矫情

伊沙点评： 高歌是《新诗典》诗人出国行的积极分子，日本行也报了名，最终因日本国政府对其所在地区过于严苛的签证条件而放弃。但好诗却出在别处。好事出好诗，坏事也出好诗，生而为人，我们只能照单全收，悟人生就是悟写作，反之亦然。

捐款

罗官员

老妈说
街上来了个可怜的女人
不知什么原因
手和脚都没有了
叫我捐点钱给她
我捏着一张一百元的人民币
准备给她
可是
进不去
围观的人太多

伊沙点评：《新诗典》也讲资历，《新诗典》唯一的资历就是总推荐次数（典人称之为"点儿数"）；《新诗典》更注重当前实力，譬如本诗作者罗官员，"点儿数"不高，到今天才 3.0，但我知其实力很强，江油诗会现场诗赛不多，他拿走了一个季军。他写口语诗，有其先天性的语言上的优势，生活阅历上的丰富积累是另外一大优势。

121

我笑着笑着不笑了

东岳

她领着七岁的小儿子
去探监
时间晚了
也跟着在监狱
吃了一顿饭
是土豆炖排骨
小孩子吃得香
说了一句

妈，咱在这里住下吧
这儿有爸爸，还比家里
吃得好

伊沙点评：东岳的 9.0。东岳每次入典，我都要为他高兴一把，其一他是我的老朋友，比很多老朋友都老（相识于 1991 年）；其二对他来说不容易——写出入典好诗，对谁来说都不易，为何单单说他？——他是坚定不移的口语之鹰，但他生性又不是个机灵鬼，而后口语诗又确实需要机灵，所以写诗易落入平实的他，每出好诗必要在其他方面付出更高昂的成本，这次付出的是工作中积累的众生的血泪。

用这首诗致敬孤独者

襄晨

燥热的夜晚

回到住处

脱衣

洗澡

将汗渍冲进下水道

静坐良久

无事可做

随手切开

一个西瓜

独自一人吃瓜

裸体吃瓜

将吃剩的瓜

擦遍全身

伊沙点评： 内蒙古诗人大九把近期推荐的诗卡汇聚起来，用微信发了个九连张，提及作者来自各行各业。我重新一看，果不其然，九位作者，职业几乎不带重样的，这还仅仅是近期，《新诗典》诗人五花八门的职业构成说明的是，本主持每稿必读、唯质是取的做法。今天推荐的诗人，又是来自一个酷职业——大货司机。诗人职业的多种多样＋熟悉的题材才能写好的文学铁律＝丰富多彩的好诗！

家有喜事

茗芝

我的弟弟
现在是人中人
我的妈妈是人外人
我是人中人的姐姐
人外人的宝贝

2018/06/05

伊沙点评： 老 G 现在跟吴雨伦开玩笑：再给你生个妹妹吧！吴雨伦都坚决不答应，看看人家茗芝，这心胸、这气魄、这爱心。这是一首喜诗，喜诗难出佳作，能把喜诗写到如此之妙，那是真有才华。注意：别把 00 后诗人一概而论，非典与入典不能相提并论，《新诗典》00 后是一个特殊现象。

他还是很熟悉那个称谓

平林新月

傍晚时分

我散步在河边的栈道上

一个熟悉的身影

从我身边经过

我喊了一声"陈局"

那人扭过头来

注视着我

正是他——

我以前的领导

他也认出了我

我们相互笑了笑

当他轻声地说出

好久不见

我会意地点点头

但那一刻

我尴尬得无地自容

心中暗想

原谅我吧

这十年来

没能到监狱里

探望你

2018/03/05

伊沙点评：一首面对贪官的诗，诗作很深刻，标题又包含了一个对人性的理性认识，这就更完美了。

改造

赵克强

六里村路在改造

九洲大道在改造

绵兴路在改造

三里桥在改造

剑南路在改造

……

绵阳的路

好像过去都犯了错误

现在

通通在改造

2018/05/08

伊沙点评：这是江油诗会的现场订货，你到货再晚，我也等着你。这是一首说怪话的诗，说怪话属于帕拉倡导之"反诗歌"的手法之一，也与四川人爱摆龙门阵的说话习惯暗合。说怪话，文学中的合法武器。

高度

倮倮

说着笑着

就到了罗马

车内有人大喊

"我看见了古罗马帝国的蓝天"

谁嘟哝了一句

"楼房又旧又矮又凌乱

还不如中国一个三线城市"

当地的意大利朋友连忙解释

"这跟以前规定所有楼房高度

都不能超过

梵蒂冈大教堂塔顶的高度有关"

叽叽喳喳的一车人

突然都沉默了

2018/08/10 罗马

伊沙点评: 改革开放四十年,国人出国史大概至少得分为两个阶段。第一个阶段是头二十年,出的人很少,一般都是公费,回来都很沉默,回头看,那是自卑成哑巴了;第二个阶段是后二十年,出的人多起来,出去就是消费去的,乡下人阔了,嫌别人城里的楼建得不够高,本诗正是生动而典型地表现这个阶段的国人出国记,活灵活现,入木三分。来自湘莲子的助攻。

127

一个人看电影

魏晓鸥

两对情侣
分居我两侧
靠我座位的
皆为女方
我往中间坐下
没人分辨得出
谁和谁才是
真的情侣

伊沙点评： 太棒了！最典型的事实的诗意！最老到的处理：到陈述为止，无一字申发与议论。《新世纪诗典》把它作为七夕节礼物，送给天下有情人，不论你暂时有没有另一半。前面的"陕西周"已经提到过陕西90后后继有人，有四小龙一小凤，实力可观，仍在校就读的魏晓鸥是第五只小龙。

三只黑天鹅

张后

一只在左边
一只在左边的左边
只有另一只比较独立
既不在左边
也不在左边的左边

伊沙点评： 张后是我老朋友，他是一个抒情诗人，2013 年上过一次典，之后投过几次未选出，不妨碍我们继续做朋友。我在北京的诗歌活动中，请他投一组近作给我，是希望看到他优秀的抒情诗，结果却选出了一首玩口语并且玩转了的。请注意：我无意改造抒情诗人，只是我欣赏的抒情诗是更极端更酷的，而不是很酸很甜腻的——在北京同一个场合，我亲口对另一个抒情诗人严彬如是说。

注意事项

冯桢炯

在北京
约正厅级杂志主编喝酒
酒过三巡
我提出要求拍张合照
主编朋友碍于面子
首先声明
拍照要注意的事项
不能拍到桌上的酒和菜
照片不能晒到朋友圈

照片拍完
还要给主编检查
像对待杂志审稿
认真细心毫不放松

2018/08/07 纽约

伊沙点评: 太真实了!真实到不写是不对的;太普遍了!普遍到明明很绝又显得不够绝。奈何?现实叫人无可奈何,写下来是唯一可做的。当时代过去,这个时代的国情如果没人被记录下来,我们会后悔的。本主持镇巴推荐。

谁又有资格要求谁民风淳朴

王林燕

毡房里的牧人说
不吃我的抓饭
（一份三十元）
就别踩我的草场

马背上的少年说
不骑我的骏马
（一小时八十元）
就别拿相机对着我拍照

不吃抓饭不骑骏马的人
踏过草场
潜入森林
将雨后野菌一扫而空
城里售价为一公斤八百元

2018/07/20

伊沙点评： 在镇巴，普及口语诗的话讲得不少，本诗就是一个例子，没有具体的事件、情节、细节，本诗就写不出来，旅游诗就还停留在认识肤浅的表面。当诗型、技术已经与思维与认识绑在一起时，你说你变不变？不变你就肤浅着吧！本主持宁陕推荐。

一条大河

代光磊

这首歌

姥姥最爱唱

几十年来

每年过生日

都要唱一次

刚开始还能唱完

最近几年

唱得越来越短

这次生日

只唱了一句

"一条大河"

就忘词了

跟她家门前

流了几十年的

那条大河一样

断流了

伊沙点评：久违了，代光磊！他的前两次推荐分别在 2012 和 2013 年，2014 年又入选过《中国口语诗选》，他的 3.0 何以来得如此之慢？我一方面深感诧异，另一方面又清楚地记得他的诗存在的种种问题，甚至怀疑过是不是陈超老师教杂了（代是陈门生）。所有我在来稿中发现的作者，我都倍加珍惜，所以今天尤其为他高兴！

头等人

曾涵

她急匆匆地

排队

加塞儿

跳下摆渡车

登机

抢在头等舱

没有人的时候

坐好

并系上安全带

整理头发

补妆

自拍

发了朋友圈

然后才心满意足地

拎包去往经济舱

伊沙点评： 如果要给本诗打个分数（百分制），我不知你们给多少分，我给 80 分——在此，我想说什么呢？就在推荐前，我偶然读到该诗作者的一首书面语诗。我看不出那首诗有何写出的必要，因为即便是用书面语诗的标准，那首诗顶多顶多打 70 分。所以，我想说的是：看起来什么诗都能写的聪明人，你们真的聪明吗？

监视

无用

像往常一样
我走进画室
关上门
坐到画布前面
先是发会儿呆
接着开始涂抹
中间会停一停
吸上几根烟
起来走动走动
或照照镜子
我感觉我在被监视
（这种奇怪的感觉由来已久）
直到我困顿地爬上床
盖好被子关掉灯
一直都有一个摄像头
对着我

伊沙点评： 本诗写得高级。高级在哪里？高级在中间没有一句"我觉得"或"我认为"，之后再把形而上的哲学意义点出来。高级口语诗，形而上与形而下合一，现实与超现实合一，不是把意义糊上去，而是将之蕴藏在形象之中。

吃牛头

刘一君

转到我面前的时候
整个牛头
对着我
白色的头骨板上
码放切好的牛头肉
像大朵开放的
酱黄色牡丹
被我们一片片
分食着花瓣

最后
露出牛眼
主人一直在赞美
牛眼的美味
朋友便拿起刀叉
戳进眼眶
半天才把牛眼挑出来
终于剩下黑洞洞的眼眶
瞎在赤裸的白骨上

我仔细地看了它的牙
这是终生只咀嚼草料的
大平板儿牙
无害

毫不狰狞

红烧乌龟上来后

它被撤下

扔给了院儿里的狗

2018/08/17

人生旅途

张甫秋

就是
每到一处书店
都会先去看诗集
发现其中
如果有我的名字
就像是看见
名册上的偷渡者
一样新奇

伊沙点评： 似乎也是久违了，张甫秋将近两年没有露面，我当面问其缘由，她说是《今日头条》的工作太忙所致。我松了口气，只要不是三观出问题就好。职业是生存的保障，可以随之调整自己的写作战略：闲时多写，忙时少写，但绝不轻易中断——这是我作为过来人的经验。

137

就像在午睡后的幼儿园里

李伟

即使把所有的灯都打开

整体来看，这世界仍然处于黑暗中

但这些灯，是一个个亮点

把彼此相连

就像在午睡后的幼儿园里

那一排排整齐的小床上

一双双刚刚睁开的眼⋯⋯

伊沙点评： 我通常以"徐江和李伟认识还是我介绍的呢"来形容我和李伟认识之早，那是在 1991 年，他在其自办民刊《窗外》上发表我的诗。概因如此，我对其打定主意越写越纯自求永恒多少感到惋惜：这将意味着以后老能得 80－85 分，不可能得 60 分，但也不可能得 90 分。

算命

严力

从你的手相看

这些年用了太多化学的洗洁剂

因为手纹里也同样是

水至清则无鱼啊

怎么说呢

幸好你不善于游弋官场

也不爱垂钓偏财

这就是说

水清对你来说

可以图个清静

问题是

纹路里真的太干净啦

没给我留下任何线索

好了

下一个

伊沙点评：很早以前，在简介中看到严力的生日是 8 月 28 日，后来一次面谈时他说不是，但又没说哪个是。所以，我这是将错就错，祝他伪生日快乐，主要是致敬的意思。虽然有所减缓，但在 1960 年以前出生的诗人中，严力以 20.0 的推荐数遥遥领先，这个年龄段的诗人面临的最大问题是：尚能诗否？严力说他年轻时和芒克一人能吃两斤涮羊肉，我看老严现在还能吃一斤，老芒只能吃二两。

无题

吴雨伦

四十度的太阳下
一个看上去有些苍老的工人
提着三大桶
康师傅冰红茶
从超市里走出
走向他的工地
一个将近两百米高正在施工的大楼
表面插满深色的钢管

可以想见
一种别样的生活
当他回到自己两百米之上的岗位时
坐在横空的
滚烫的钢管上
打开瓶盖
而
无意间洒出的冰红茶
和汗水交融
晶莹的水珠倾斜而下
迸溅在整座城市的上空

伊沙点评： 吴雨伦的大学本科时代结束了。作为一个非文学专业的大学生，他总共写了六十余首诗，不多也不少，值得一提的是成活率和质量。我给他一个公道：在我亲眼见过的人中，其"在校诗"的质量可以排进前十。他是学电影的，本诗调动了所有推拉摇移的镜头，只拍了一滴汗水，这是艺术的诗——我希望这是一个结束，又是一个开始，从关注建筑工人的汗水，开始走向社会和更广阔的人生。

梦见马克思

维马丁

昨晚梦见马克思，
所有人都是马克思。
男女老少大家都叫这个名字，
人家街上互相都这样打招呼，没什么奇怪。
梦里好像是英语或德语，
大家叫 MARX，就一个音节，
不分姓名。
我们每一个人都叫马克思，整个城市，
不知道哪个具体的地方。
没有我，只有我们，
在梦里很自然。

2018/05

伊沙点评： 我译的，我知道，维马丁的英译中文本，如果可以纳入《新诗典》的编选范围，他应该是满额诗人，那他在其母语德文中的水平呢？可以想象。总之，这是一位非常优秀的诗人，他原创的中文诗只能体现其六成实力，是故我请他做本典第八季第一轮的压轴诗人——有这样一位真诗人、翻译家与我们同行，是中国《新诗典》诗人的福气。

求索

伊沙

我记得那是在一九九九年

二十世纪最后一年

旅美女诗人马兰

与其美国丈夫

一位耶鲁教授

访问长安

在小雁塔

香雪海茶馆

我们有过一次欢聚

教授中国文学的

耶鲁教授的一个观点

让我眼前一亮

心有同感

又思考多年——

他说:"在五四时代

为什么留日这一支文学家

是最厉害的?"

今天,我终于来到了日本

带着这个问题

穿行在本州岛的山海之间

让我再想想

让我多想想

而不急于给出答案

在这里

究竟是什么

让他们成为

埋头苦干的人

拼命硬干的人

舍身求法的人

为民请命的人

成为现代中国的脊梁

伊沙点评： 我是篱笆，不是压轴。本诗是《新诗典》诗人访日行的成果。创作之事已经昭然若揭：我去年成果辉煌，最大的成果一来自出国，二来自抢救父亲——要想出大成果，你得加大投入，你得担当人生。新诗人出访去哪国，由我这个主持人来定，我则由创作回报的性价比决定，去日本，预知会诗多诗好，果不其然，本诗堪称翘楚，因为它还来自于长期的积累。

第六辑　粮仓

印象中

我家最大的粮仓

是堂屋里

爷爷为自己准备的

寿棺

取粮时

推开厚重的棺盖

总有些骨灰色的蛾子

从里面飞出来

——释然

七夕

沈浩波

和三个美女
约在一家
环境优雅的
咖啡馆开会
开到傍晚
我提议
一起吃个晚饭
共度七夕
遭到了她们
异口同声
愤怒的拒绝
会议立刻
就散了

2018/08/17

伊沙点评：选一位满额诗
人，来开启《新世纪诗典》
第八季第二推荐轮。沈浩波
的写作，自带一个现象，他
很难把一首诗写得完全彻底
地舒服，即使写得很好的
诗，总是夹带小不适，就像
高分中总有附减分，这大概
就是所谓优缺点同样突出、
优缺点集于一身吧——这就
是我选本诗的背景因素。本
诗没有任何小不适，除了
舒服就是舒服，完全彻底地
舒服。

地球柳

君儿

弟弟告诉我
美国的谷歌地球
能定位到老家的老柳树
只要找到了它
也就到了老家
三十年前我大学放假
和父亲一起下地干活儿
发现了这棵柳树苗
求父亲把它挖来
栽在门前的水坑边
如今我一个人
都已抱不住它
三个亲人已故去
它却上了天上的地图

伊沙点评： 七年前，《新诗典》推荐的第一位女诗人就是君儿；七年后，她在推荐数上与西娃并列为女诗人中的第一名，说明我没看错人。这是其23.0——为什么选本诗？就是因为它是典型的事实的诗意，并且诗意达到了几近饱和的程度。真正的诗人有多难？还要向大众普及什么是诗意，而其中大多数天生与此绝缘，这就是堆积漂亮辞藻反而更被他们认为是诗的原因。

147

血吸虫病

朱剑

一九六〇年
我外公
三十九岁
挺着一个将军肚
饿死了

伊沙点评：朱剑，人称"短诗王"。短诗并非小诗，可以写得很大，朱剑就善于写大，本诗又是一个佳例。五行之间，20 世纪 60 年代的饥饿史＋灾难史＋审美史，一网打尽。

生于斯

艾蒿

那些我能写的
让它长出来
那些写不出来的
让它长在地下

伊沙点评：上个月的西安诗
人镇巴行，等于诗歌同人陪
艾蒿返乡。我早有诗云："要
想了解一个人／就去他的家
乡看一看。"到那座大巴山
中的小县城看了看，知道艾
蒿一路走来不容易，在中
国，一个优秀的现代诗人肯
定是一个合格的现代人，这
个历程非常艰难，甚至需要
几多幸运。

5.20 相亲会

闫永敏

晚餐是在一家西餐厅举行

每人一百四十八元

男女各十五人

最大的四十三岁，女

最小的二十四岁，女

我中途退场

记得宠物是最火热的话题

但如果你说养了宠物

主持人就会问它的性别

还有餐具掉在地上

我从未在餐馆里

听到如此密集的餐具掉落的哗啦声

像是在打架

神

双子

晚上十点

滴滴打车

刚一坐下

司机扭脸问我

您这是回家

我说是啊

他说像您这样

十二点之前回家的

都是正常人

我听完一乐

他接着说

还有三点以后的

也都正常

我说中间那段呢

那都是神

他斩钉截铁

我成天碰见的

净是神

我猜他的意思

是神经病

但他一直说神

神怎么吐他一车

神怎么不认家门

神怎么指着鼻子

骂他的同事
然后被拉到郊区
扔进河里的事
一直说到了
我下车

伊沙点评： 一首好诗，一要
写出存在，二要写出文化，
本诗做到了。北京很有文
化，司机好侃大山就是其文
化特征之一，总算有北京的
诗人自己来写了，在我写出
来很久之后。那么，北京诗
人在写什么？北京诗人写出
了北京的存在与文化了吗？
每一个地方的诗人都可以扪
心自问。

哑巴

蒋彩云

十几年前

整个镇上的人

都在山上采锰矿

有山的人

当了锰矿老板

没山的人

成了矿工

大货车在乡道上

来来去去

一个漂亮的外地女人

在矿山里结了婚

生下的孩子

取名叫锰山

锰山一天天长大

没过几年

山挖空了

政府拉着横幅

来封山育林

锰山一天天长大

直到他漂亮的妈妈离开

他还不会说话

伊沙点评：今、明两天，连推两位 90 后女诗人，她们都是本典老作者，这一轮因为有新变化而令我欣喜。今天推的蒋彩云一贯以轻灵见长，突然变厚重了。在我看来，轻灵与厚重，不分高低，但变化可贵。年轻时就一成不变者，恐怕日后也很难变化，没有前途；反之则令人欣喜。

吹南风

李柳杨

爸爸在河边
钓鱼
我在看书
有许多太阳的
影子
掉在我的书上
我的心
很静
我是水草

伊沙点评：如果说蒋彩云是从"薄"变"厚"，那么李柳杨则是从"大"变"小"，同样体现出变化的可贵。李柳杨以前很喜欢使用大词——恕我直言：从大词到大词，就是学生腔。这一首不但没有词咬词，还一下子变得轻灵起来，自己的口气也出来了，令人欣喜。

雁荡山之行

杨渡

坐车两小时到达
在空气清新的林子里玩了几小时手机
再坐车两小时回来
他们满意地笑着说
春游真的好累

2018/05/30

伊沙点评： 每一组推荐诗（十五或十六首），每一代诗人（十年一代）都有人在，是最理想的。第八季第二轮的开端即是如此，从 60 后至 00 后都有出色表现，至于 60 前，给予退居二线的宽容态度。00 后诗人，是诞生于本典的写作现象。在我看来，不是越小越有希望，而是相反。我看杨渡转眼十七岁了，竟为他感到高兴，过了变声期，才敢于说：我这辈子适合唱歌。在春游题材上，本诗有新意，这才是新世纪的诗。

今日大雪

朱广录

今日大雪
一个雪人，站在村口
挥舞的双手，冻僵在半空

伊沙点评：教师节到了。教师，是《新世纪诗典》人数最多的第一职业。刚巧这一组初上典的五位"新人"中有三位都是教师，我们就请他们三个先出场。朱广录这一首，是一首用口语写出的富含意象的极其漂亮的超现实佳作，晶莹剔透，美不胜收。

八爪龙

唐宜钟

钟老师发现了八爪龙
说能治牙疼
袁老师想要
朱老师也想要种植
朱老师说：
"我老婆牙疼！"

伊沙点评：唐宜钟是数学老师，按道理诗中应有非抒情的理工思维，应有智性才对，但是并非如此。他订了两年《诗刊》，被洗脑成一个新诗写作者：每段后两句升华，全诗最后一段升华。吊诡的是，给《诗刊》投两年稿，一无斩获。本诗是我在现场发动大家写同一件共同经历的事情，他终于写成了现代诗。好吧，看看他读完已上市的六卷《新世纪诗典》会变成什么样子。

夜

小龙女

昨晚下雨了
今天早晨
雾蹲在草丛
鸢尾花间
白塔尖尖
不发一言
白塔里的佛们
排排坐
吃供果
也微笑
不发一言

伊沙点评： 小龙女，是英语老师，她之所以叫小龙女，是在电视剧中当过小龙女的替身，身手当如何了得。在鄂尔多斯，我发现她有口头语言表达的天赋，是个天生的段子手，随时表演脱口秀，便说她适合口语诗。但南人助攻成的这一首，却是意象诗。注意：我所谓意象诗是庞德式的，不是北岛式的。

雪

朱松杰

每个人都记得他见过的第一场雪
但其中很少人
会记得他人生中的最后一场雪
当他见到那场雪的时候
他并不知道
那会是他人生中的最后一场雪
他只是单纯地感到高兴
落下的雪　又亮又白
就像他第一次看到的雪那样

伊沙点评： 本诗属于"一念成诗"或"一念之诗"——这种诗的好坏完全取决于这"一念"的质量，本诗叫人顿悟，这就成了。这种诗的偶然性、一次性很强，千万别拉开架势专门写。我很纳闷有些并不聪明更谈不上智慧的诗人，整天写智性诗，结果写成了机械的观念图解。

风俗

白水泉

一九九三年
我和她回家过年
晚上她妈照样
铺好两个房间的床
她有点羞怯地说
我们领了证
她妈直摇头
我们这以办酒席为准

伊沙点评：我对白水泉最早
的印象，是他在微信开私窗
对我说，他老婆是北师大毕
业的，他是北师大家属——
这加不了分。再后来便是见
他发博士腔，要把口语和意
象融合写好；评诗也屡有
不准的时候——这也减不了
分。总之，《新诗典》的选
稿靠一人之力走到现在的秘
诀之一，就是把所有的东西
都减去，简化为文本。我读
过他很多不够的诗，终于读
到他够的这一首，那就进
来吧。

尼亚加拉瀑布

里所

数以万计起舞的水姬
摆动洁白的双腿
在北方的烈日下
汗水淋漓飘洒
闪着炸药的光芒

一大群白马飞奔过来
临崖腾起前蹄
却因疾驰的惯性
纷纷坠落
嘶鸣声在谷底的深潭
慢慢合拢

尼亚加拉瀑布无始无终
如同上游的水神
忘了关上他巨大的龙头

2018/08/06

伊沙点评： 有人不爱听大道理，以手艺人自居，喜欢比拼句子。那好，咱们就数一数本诗有几个好意象、好句子：一、"数以万计起舞的水姬"；二、"闪着炸药的光芒"；三、"一大群白马飞奔过来"；四、"如同上游的水神"；五、"忘了关上他巨大的龙头"。总共十四句，佳句占其五，不是好诗是什么？

悟空

张文康

在中国

一半以上的情趣内衣

产自灌云县

这个小男孩

每天下午

都在妈妈的缝纫机旁

写作业

在他写数学作业

和语文作业的

空当

他会帮妈妈搬几箱

开裆蕾丝内裤

伊沙点评： 本诗写得好，首先事实的诗意抓得好，其次标题使之更上一层楼。这个题材到了恶俗之人手里（什么"下半夜写作"之流），作者自己一定先色眯眯起来；但是在本诗，真是一腔忧思，潜台词是：救救孩子！90后诗人这么写，大有希望！

打赌

海菁

今天上美术课的时候

有几个同学说

我画得不好

我和他们打赌说

两天之内收到二十个人说

我画得好

就和我道歉

可我现在只找到一个人，妈妈

2018/05/04

伊沙点评：海菁是《新诗典》是第一个也是目前唯一的一个10后诗人，类似于游若昕之于00后诗人。这个年龄段的诗人，按道理我应该更注重其以诗感见长的诗，但那样的诗，海菁太多了，我为什么要选本诗呢？她竟然懂得并敢于写挫折与失败——有几个大人过了此关？我想这不是其母苇欢教的，而是天生就会的。我要向她传递一个信息：这么写是对的。

无题

笨笨.S.K

在中国买一双 UGG
只需八百元
一位中国女孩
在日本花了一千元
买了一双 UGG
女孩说
买贵了也不后悔
因为试鞋时
日本的服务员
给她跪下了

伊沙点评： 9.18，国难日，推荐本诗，是想提醒国人：不要在虚假的仇恨中变蠢。中日两国，既是邻居，又为天敌，不光在战争中争强，还会在和平中比聪明、比智慧、比发展、比文明，我们到今天也不敢说我们领先吧？

足疗

摆丢

她说：不要用手指按

从包里掏出一根鹅毛

让我给她挠脚底

还让我陪她聊天直到她睡着

有时她把脚缩回去

有时她发出笑声

有时像获得了高潮

我们聊《无极》

聊中国人口达到十三亿

聊到刘德华

她睡着了

我像修止语禅般

挠

怕自己挠得打瞌睡

我干脆

在她脚底练正楷字

永，永，永

奠，奠，奠

临走，她说挠得舒服

给我五十块小费

2018/06/03

伊沙点评： 我还记得那是 2013 年 12 月，张楚在上海举办个人演唱会，请我和蒋涛去看。我们在八万人体育场下面的咖啡馆搞了一场"长安诗歌节"。当我把摆丢——一个足浴堂经理介绍给上海诗人时，他们投去了诧异的目光。摆丢后来去做别的了，我替他感到遗憾：没有利用好这诗人中鲜见的职业，留下一首与此有关的好诗，现在他补上了。若你问我："为什么是《新诗典》揭开了五花八门的诗人职业？"我会答："因为《新诗典》主持每稿必看，以诗取人。"

过静冈县

张小云

一边是富士山

一边是太平洋

在青山绿水村舍稻田中穿行

想到了太平洋那头的家乡

虽然水量不一样多

却都流进同一个大洋

静冈是六山三水一分田

家乡是八山一水一分田

相似的山水看得我如梦如幻

暂时忘掉老家那一分田里

早已种得密密麻麻的

厂房楼宇和烟囱

2018/07/22

伊沙点评： 有当代诗歌史知识与修养的人看了本诗，一定会笑：前口语诗人写出了一首干净漂亮的后口语诗。不是所有的第三代都故步自封，不是所有的第三代都要把文本升级的问题搞脏成江湖山头的问题。张小云能够做到，因为他是个干净人儿、明白人儿、一心向诗的真正的诗人——我愿与这样的人同行！

涮玻璃饭盒

庞华

班上吃完自带的饭菜

我往玻璃饭盒里

倒入一杯茶水

用筷子来回涮了涮

端起来一口喝光

随手点上饭后烟当神仙

惊呆了一个新来的 90 后小同事

2018/08/13

伊沙点评： 我个人非常喜欢这类诗（其实很罕见），我自荐过的《品位》就是这类诗。这才是真正平民主义的诗，平民不是贫民，该怎样就怎样，有一种大诚实在其中。小小的一个生活细节，却是五味杂陈、万般滋味，既不自卑，也不去批判别人，就是一份大自在的自然呈现。

粮仓

释然

印象中
我家最大的粮仓
是堂屋里
爷爷为自己准备的
寿棺
取粮时
推开厚重的棺盖
总有些骨灰色的蛾子
从里面飞出来

伊沙点评： 印象中，这位女诗人，写得踏实而又好，写乡土而不显得土气。一个妙喻，满篇生辉，对于生死，一派超然，竟然与"民以食为天"嫁接——这是中华民间文化既有的智慧，低于此便不配做中国诗人。本诗是多么适于在中秋节前的秋分送给世界。

敬祖宗

杨合

大年夜

光棍老庚没有肉类敬祖宗

几杯土酒下肚

他便焚香

然后冒着严寒脱光衣服

对祖宗说

我就这一身肉

随便享用吧

伊沙点评： 作为新媒体，《新诗典》也应景应时推诗，但绝不刻意和勉强，所以每逢节日，本典推的诗总能脱颖而出，超乎其上，在满诗坛的"主题征文"面前。譬如本诗，写的是过年，在本月入选的诗作中最具节日气氛，所以我就把它放在中秋节的正日子推出。祝所有《新诗典》诗人中秋快乐！

掉筷子

黎雪梅

今天不知怎么回事
吃饭时筷子老掉到地上
耳边响起
小时候妈妈的声音
吃饭掉筷子会挨打
我愣了半天
父母在另一个世界里
再也
无法用筷子轻敲一下
我的头

伊沙点评： 中秋还未过完，我们继续送诗，这又是一首适合在节日里读的诗，是"遍插茱萸少一人"的现代版、当代版、口语诗版。一个鲜活的细节不知比"死去的亲人都在月亮上"高明多少倍！这就是口语诗的厉害！口语诗的厉害在口语之外，在语言之上！本诗来自于诗人庞华的助攻。

躲雨

常遇春

大雨忽至
几个青海当地
拾牛粪的小伙子
通通脱掉衣服
一头扎进河里
躲雨

伊沙点评： 常遇春在诗评方面，已经有些积累。在西安，我好像对他说过：即便是以诗评为主攻目标，也要会写诗，并且尽量写好——诗写得好的诗评家，与写得坏的、从未写过的相比，优势大如山。所以，当他以本诗入典，我替他感到高兴。在水中躲雨的经历，连我都有，不过是在游泳池里。本诗来自于李海泉的助攻。

171

老局长

宗尕降初

他是老局长了

所以每次都能假装很忙的样子

而不参加这项重要的例会

今天，他来参会

在准备签到的时候

却开口说："在哪儿签单？"

虽然当场很多人都差点晕厥过去

可我是理解他的

因为老局长

还可能在昨晚的酒席中

流连忘返

也可能是只要涉及动手签字的

他就会想起"签单"

2018/07/09

伊沙点评： 藏族，90后。我欣喜地看到：到了这一代，已经不是民族唱法——带有民族特色的抒情诗，而是流行唱法——回到个人身份的口语诗。任何一个民族的文化，都不该是其他民族的陪衬和补充，而要有其自身的完整、统一、独立性，在世界范围内如此，在中华民族的大家庭之内亦是如此。

写祭文的伍老师说诗

周洪勇

"前天我写了十一篇祭文

每篇二百

又搞到两千两百

看到没有，洪勇

这儿的——人民币！"

他抖给我看

顺势在桌子边缘

拍出响声

"我才不写你那个诗！"

伊沙点评： 其实，写祭文并不是在蔑视写诗的，这是在讽刺一种实用主义。咀嚼其中的味道吧。

默契的诗意

普元

车过黄河
姐姐说你上厕所吗
妹妹说不用
然后
两人对视而笑

2018/08/23

伊沙点评：如果你骂我和口语诗，我不但要回骂，还要立马善待自己。这一次当然也不例外，骂也骂了，该善待自己了。本诗质量过关，因为暗涉及我，订不订货我有点犹豫，骂声响起来——好，订货！永恒不是抽象的，我的诗已经活在 00 后天才的心中！

梦：伊沙的背叛

蒲永见

一群知识分子写作的诗人
仿佛在江油的河边
谈论口语诗
我问为何没邀请伊沙
其中一位大咖说
伊沙已转型
不写口语诗了
我说不可能哟
他指着河，严肃地说
事事皆有可能

我突然惊醒
浑身直冒冷汗

2017/07/03 追记

伊沙点评： 与昨日推荐的诗相似，本诗也是早已订货，因为诗中含有我的名字，我也在犹豫要不要推出来。既然有人骂我，那好——推！梦是心之所想，我要对"李白诗歌奖"的升级改造者、《新诗典》的长年合作者老蒲兄说一句：背叛口语诗，对我没可能。不但写作上没可能，建设上我还会继续做贡献，我已和老 G 商量好了我在《新诗典》的退休时间：那是在遥远的未来。

让

邢昊

我礼貌地问了句
——您吃点吧
澳大利亚艺术家坡丽
就真的毫不客气地
把我的两盘饺子
全都吃完了

伊沙点评： 60 后诗人都长了一张娃娃脸，长久显年轻，现在大有一夜老去的迹象，邢昊很典型……这些话我在北京"磨铁读诗会"现场说过了。本诗写得好，得益于在上苑艺术馆驻会写作，与外国艺术家共处的体验，就是要想办法防老防旧自新。"让"是中国文化的精神，不管真让假让，很适合在国庆期间推荐。

写给女孩子的诗

庞琼珍

住在山坳里

爬上山脊

去看朝霞

我一个人摸着黑

绕过森林的湖

一路上

鸟儿的鸣叫让我安心

偶遇的路人

我友好地致意

但是　亲爱的女孩

你知道吗

在和陌生人错身的刹那

我的头　肩　背　臀

霎时变成盾牌

自然摆动的手

随时可以攥成拳头出击

伊沙点评： 国庆前夕，一些媒体来约我个人应景国庆的"爱国诗"，国庆到了，没见他们刊出，看来是休假了——《新诗典》不休假，全年无休。今、明两天，我想推荐的是我所理解的"爱国诗"——面前这一首，深爱祖国的女儿就是爱国，直面现实中的问题就是爱国，爱国不是空洞的虚爱，爱国也是具体而及物的。

第七辑　菩萨在磨牙

附近有夜游神和失眠鬼

向老张打听

为什么半夜

庙里老有声响

他说

是菩萨在磨牙

——西毒何殇

女儿读诗：西出阳关无故人

李异

凌晨后，女儿时不时会从睡梦中醒来
我警觉地谛听
房间里响动
但她脚掌踩在地板像猫
当我噼里啪啦敲打键盘时
她早已出现在我身后

伊沙点评：我儿子写诗不像我，是我做父亲做得好；我学生写诗不像我，是我做老师做得好——最不像的是里所，其次是李异，后者甚至不是一个典型的后口语诗人。他之所以越写越难，是因为未过两关：事实的诗意与写日常生活。在沉默一年之后，他投来了新作，本诗让我看到了改观——趋向于日常生活中的事实的诗意，很适合在国庆假期推荐：没有国，哪有家——倒过来也一样。

二床是个木匠

蒋雪峰

半夜

二床新来了个病人

是个木匠

干活儿时

电锯把食指锯断

中指锯残

他老婆

把断了的食指

用块布包着

央求医生

帮忙接上

医生摇头

接上存活的可能性小

到时感染还得截肢

木匠老婆好像没有听见

一遍一遍说

他是个木匠

他是个木匠

伊沙点评： 我把蒋雪峰放在国庆长假最后一天推出，是想让伤痛中的他领受同行节日里的关爱。《新诗典》做了七年半，本主持要说句公道话：与爱相比，恨，九牛一毛。有多少入典前素不相识的同行，在这个平台上相认相知成为朋友、结为知己甚至爱人，这是最令我欣慰的，也是《新诗典》的成就之一！向以老蒋为代表的身处病痛中的《新诗典》诗人致以节日的慰问！

遗址

左右

带外甥女游蓝田猿人遗址
路过蓝田猿人头骨出土处纪念碑
她说
"要是我
前几天把自己
刚脱落的两颗牙齿
埋在这里就好了"

2018/08/02

伊沙点评："长安诗歌节"同人都知道：左右是个投稿专家，他把泛情的一般的诗投往官刊，发表率很高；他把口语的幽默的抑或深情的极端的带到"长安诗歌节"，特邀朱剑代读，订货率不低。左右都知道写口语写幽默，把口语诗攻击为"段子"的人不可耻吗？

叛逆期

姜二嫚

我的叛逆期
能不能早点儿到
我要以叛逆期的名义
干几件大事

2018/04/05

伊沙点评：00后热起来了，大家都在编。在初编时我往往侧重诗感，在中期编选时我侧重他们与龄俱增的"思"——姜二嫚的这一首便是如此。她几乎首首都诗感好，但这一首有想法了，多了一点儿"思"，这是十分可贵的。总之，编选年少、年轻诗人的诗，一定对其健康成长有全盘考虑。

渐变

姜馨贺

夜市
烧烤摊老板的
T恤衫
从上往下
被汗水染成了
渐变色

2018/07/13

伊沙点评： 00后写作者，年龄越大，状态越好越安全。我是过来人，当然知道他们遇到的第一道"坎儿"是十八岁，姜馨贺已经十五岁了，正在趋近于安全线。接下来二十二岁大学毕业又是一道"坎儿"，连成家立业都是写作的"坎儿"，文学之路上全是"坎儿"！除此之外，她身上某种沉静的气质也让我放心，像是要写很久的那种人。本诗的内容、视角、用词都让我欣赏，"渐变色"——那是一种什么颜色啊！

雪

丁小琪

雪下着下着就变小了
像个三心二意的人
心事重重的
下得很犹豫
果不其然
一会儿　就有朋友打电话
雪　到他那里下去了

伊沙点评：丁小琪，河南南阳女诗人，在我心目中是妻子故乡来的诗人。时隔五年半后再次入典，有些神龙见首不见尾的诗人是不是自己应该反思一下：自己的稳定性在哪里？让本诗成为冬天到来的预言，甭管它用的修辞还是写的感觉，总之这场雪写得活。丁小琪还是我眼中迄今为止字写得最好的女诗人。

185

我又一次住进城南旧事

陈娘

北京的城南

还没有拆完

赶拆完了

金灿灿的北京

就再也回不到

灰蒙蒙的北平

我

要约上你

要抓紧时间

多 住 住

当年是镖局

现在叫作城南旧事的

酒店

伊沙点评： 北京的乡愁，被南京诗人写了出来——不识庐山真面目，只缘身在此山中。北京诗人的城意识普遍比较差，老觉得自己身在首都，那就休怪别人替你写了。第一流的旅行诗就是要敢于替当地诗人写出一座城的魂！

坐轮椅的女人

莲心儿

她在医院的后花园
转轮椅
抿着嘴唇

她的影子在地上
站了起来

伊沙点评：莲心儿，一位救人的公益英雄，为救他人自己伤成"坐轮椅的女人"，"她的影子在地上 / 站了起来"不是轻浮的感觉，而是事实的诗意，是与命运抗争不息的精神。我真不希望《新诗典》是滋生仇恨、蔓延冷漠之地，这里应该有大爱与温暖。我衷心地希望莲心儿在这里感受到诗人的爱，说：入典以后的日子比以前好！

时间到

默问

夫妻俩离开家乡

一个北京

一个上海

经常

在各自的出租屋里

拉上厚厚的窗帘

用眼神办一点床上的事

差不多一袋烟工夫

她提醒他

该上工了

伊沙点评： 今、明两天，我要推荐的两位女诗人是从两个诗会上杀出来的黑马。首先是默问，是上个月从北京"磨铁读诗会"上杀出来的，此前我对她一无所知，主持人沈浩波也对她一无所知。她就那么闯进来，用诗杀败了众多熟脸——众多《新诗典》的满额或高额诗人，最终捧得季军。这诗写得残酷："用眼神办一点床上的事。"——残酷现实主义佳作！

恶作剧

方妙红

小时候
最喜欢的恶作剧是
按了别人家的门铃
然后跑开

长大了
按了别人家的门铃
必须进去

伊沙点评：另一匹黑马叫方妙红，是从"长安诗歌节"杀出来的。作为西安外国语大学西语学院葡萄牙语专业的大四学生，夺得校园"最佳诗人奖"，还不算黑，黑在战胜了刚夺得"包商银行杯"全国大学生征文大赛诗歌类一等奖的《新诗典》诗人吴冕。如其自述，她是在上一次"长安诗歌节"西外场（2015年）举行时，从抒情诗转向口语诗的。我记得那一场后李海泉才开始写诗。差异仅在于方妙红在这三年中无缘接触一线诗人与最高平台，这一年的这一次机会她抓住了！

求婚

赵泽亮

一根红绳

把两盏莲花灯连在一起

在观音面前

我祈求

观音姐姐

今晚就嫁我吧

伊沙点评： 本诗不易解读得太实太细，我就是感觉到一种美、一种东方的美、一种中国的美、一种人神共存俱在相爱相生的大美之境！

战争的起源

王有尾

一开始
大家还都
平心静气地
坐在一起
你说你的
我说我的
后来发言变讨论
讨论变争论
争论变骂娘
骂娘升级成械斗

多年以后
抚平好战争的伤痕
他们又坐在一起
讨论当年
究竟是哪一派里的
谁
第一个开始
骂娘的

2018/09/18

伊沙点评：王有尾的 22.0，泛诗坛有人还在问："王有尾是谁？"《新诗典》诗人中一定有不少大吃一惊——但就是这个结果！据我所知，王本人眼中只有这一个目标，顶多还想得一次有奖杯的"李白奖"，除此之外，皆是浮云——当然还有酒，他要的只是诗酒人生。如何成长为一名实力诗人？才华＋专注力！

菩萨磨牙

西毒何殇

庙重修以后

和尚还没来全

看门的老张

每晚趁香客散尽

拿块糟木头

打磨正殿门口的

青石

他的任务是

在试营业的三个月里

磨出两个

形似跪出来的凹槽

附近有夜游神和失眠鬼

向老张打听

为什么半夜

庙里老有声响

他说

是菩萨在磨牙

伊沙点评: 不久前，西毒何殇经历了丧父之痛，我想安慰他：失去亲人诗会长——又觉得太残酷，说不出口。现在他得了这个恩惠，我觉得可以说了。什么叫创作的好状态？表面上看是连出好诗，深入进去有一种通畅。

初秋的阳光

韩敬源

祥林嫂一样的老妇人

说她腹痛

面部痛苦

手里捏着几张百元大钞

走到我面前

哀求给她六十八元

说她儿子离得远

到医院做检查差六十八元

我正准备掏钱

后面追来一男子

破口大骂

"老骗子

把我的六十八元还给我"

两个人风一样

飘过街角

丽江初秋的阳光

把我照得越来越饿

肠胃被掏空了一样

2018/08

伊沙点评：韩敬源是中国高校体制中的一位中层干部，悟性好，不用教。介入历史，对诗发言，激荡身心，激活写作，是有志诗人的必然选择。本诗中的粗粝与矛盾是可贵的。

地书

赵立宏

早上的紫东花苑
有好几个退休老人
写地书
三个老头写的
都是楷书
只有一个大妈
在花园深处的弯道上
写草书

2018/09/14

伊沙点评： 选稿时我最欢迎什么诗？独特性强的诗。独特在形式，独特在内容，譬如这一首，全年不会有相似的第二首。独特不是抽象的，就这么实实在在。赵立宏头脑冷静而多思，是适合做现代诗人的。本主持南京推荐。

人性与人病

穆海波

生病的胃结出中药
生病的骨头结出舍利
生病的血管结出 TNT
生病的心结出绞索
生病的肾尿出雾霾
生病的大脑释放蘑菇云

所以
当我小舅子
一声怒吼
你有病啊！
我老丈人的人性
就安静下来

2018/09/21

伊沙点评： 穆海波 1.0 时，
我误以为他是天津诗人；2.0
时才知是北京诗人，近年不
知去向何处。本主持安徽马
鞍山李白纪念馆推荐。

轮回

虎子

晚饭后
妻子边收拾碗筷
边继续抱怨
"照这样下去
猴年马月才能
住上大房子"
儿子说"没事妈妈
等我将来给你们
买别墅"
我苦笑了一下
"这话当年我
给奶奶说过"

2018/09/29

伊沙点评： 1.0 的《新诗典》
诗人在捍卫口语诗，虎子便
是我说的这 1.0，真是"位
卑未敢忘忧诗"！

杀死一只鸽子然后吃掉

李东泽

那年去吃烤鸽子
聊着聊着就聊到杀生
请客的那位突然
举起一只
"都是厨房那些人杀的
遭报应
也得是他们"

时隔多年
那天还说了些什么
那个请客的叫啥
我都已忘记
唯独他说的这句话
一直记在心里

2018/09/02

伊沙点评：黑龙江的李东泽
仿佛边防军……不掩饰自己
的立场、观点、态度，是诗
江湖留给我们的精神遗产。

故事里的故事

大九

我小时候
每遇天旱
本家爷爷
都会感叹
再遇不到
那几年的
那种天气
晚上下雨
白天暴晒
地像蒸笼
冒着白气
几天时间
庄稼
蒸馒头般
就长大了

伊沙点评： 在江南诗会上，蒋涛对我说：像他这种缺乏理论发言能力的人，不知道该如何参战——没有这个道理，像大九，好像也没有理论发言能力，但他放个屁都能透出口语鹰的立场——内蒙古大草原上的口语雄鹰！

赞美诗

李海泉

傍晚的岸上
小蜜蜂抱着大颗大颗的蜜
一群奶牛，亮着奶子
来回踱步

这时，二卡河缓缓流过
他为林间童子
带来了
一支长长的
牧笛

伊沙点评：一首写得很干净
的纯诗，太早这么写，未必
是好事。既然拜我为师，我
就多说两句——不，是生活
在授课：李海泉说他写诗是
为了受人尊重，文本内的
好，你正一天天做到，但是
你不善于建设（而非经营）
自己的诗人形象；想当 90
后领军人物，光靠当主编不
行，得有战功，即使到现
在，没有战功者也是当不上
以色列总理的，口语诗人正
是犹太人。

默契

不全

女儿在写读书笔记

一篇农民盖房

技术很棒的事

会怎样写自己的感想

女儿说：我想到了你也是盖房的

但

在叙述中，我这个农民工父亲

悄悄地消失了

也就消失于

学校老师批改作业的桌子上

对此我们保持了高度的默契

伊沙点评：看本诗，写得多好，叙述沉着，滋味复杂，情感内敛，脑筋转了两次弯——转是直肠子，抒情诗人和拙劣的口语诗人就是直肠子。

在自然博物馆

陆福祥

参观完了
蝴蝶
鸟类标本展
布氏鲸
深海贝壳
恐龙骨化石
……
就靠在门口的
棕榈树下睡一会儿
醒来时
我的脖子上
缠了好多细丝
一只绿**蜘蛛**正往上拉

伊沙点评： 啥叫口语诗？不是用口语写的都叫口语诗，我们今天所谈的口语诗是中国现代诗发展进程中一个瓜熟蒂落的诗种，跟古人也用口语写是两个概念。我对它的理解有其死的一面，譬如，后现代文化背景、事实的诗意；也有其活的一面，譬如，一定要是自由灵活的，像本诗的结尾，一个灵感，一次出神。

201

乡音

口哨

最好听的家乡话

都不是什么

正经话

反倒是

一些骂人的话

话很脏

说出口的时候

却很过瘾

无论走到哪儿

一句来自家乡的脏话

都能把你

活生生拽回去

伊沙点评：语言生而平等，
就像人类，哪儿有高低贵贱
之分，脏与不脏，全看你
心，全看何用。

新娘袄

禾火

小时候

妈妈常常说

她想穿红棉袄

我说

妈妈羞羞

想做新娘

长大后

妈妈偶尔说

她想穿红棉袄

我说

到那时候

你就老了

……

她摸着我的头说

那就给我娃媳妇穿

2018/09/23

伊沙点评： 真好！有一种真挚质朴到教人想哭的感觉，歌颂天下最伟大的母爱。作者是西安翻译学院在读生，诗人左右的师弟，他之入典，是"长安诗歌节"同人三年前走进这所学校做报告的回响，一座民办院校已经初建其诗歌传统。

领头人

宁清妍

我是妹妹的领头人，
妈妈是我的领头人，
爸爸是妈妈的领头人，
房子是我们全家的领头人。

伊沙点评：《新诗典》的00后诗人，明显与别处出来的不一样。从表面上看因为是我选的，我又是怎么选出来的？大部分少儿写作还停留在照着课本模仿新诗的阶段，但《新诗典》要的是现代诗，少儿通向现代诗的唯一途径便是口语诗，即用自己的语言写诗——这是一条秘密通道，本诗就是最好的证明，用孩子自己的语言，写出了多么深刻的内容。来自诗人庄生的助攻。广东是00后诗人盛产之地，与其经济、教育、文化的雄厚资源与相对开放的氛围密不可分。

夜景

徐江

夜晚的津城

天空深不见底

雨后的城市

只有灯火和百孔千疮的高楼

立在快速路的两侧

我在车窗边看到一座

二十来层楼高的塔吊

立在暗影处

不

它是从暗影处

突然站起的巨人

只可惜

手里没拿天平

也没举火把

伊沙点评：我们通过前人的诗，认识了多少大山名川、历史名城，那么当代诗人的你就有责任抒写这个时代的那山、那河、那城。首当其冲，是你所居住的城市（你得对得起它）。身为天津首席诗人，徐江对这座历史名城有一系列的诗写，本诗属于最新升级版，这种现实与超现实归一的写法是我欣赏的。

病房记事
——献给中国第一个医师节

湘莲子

我在开吸痰器

他已经用嘴从病人口里

吸出了一口痰

和血一起吐了出来

那是个捡垃圾的老头

吃了酒店垃圾桶里的河豚

中毒

送来时

呼吸心跳

都停了

老头活了

多年后

我见他还坐在一家酒店后厨的

垃圾桶边抽烟

救他的

医生

早已去了

天国

2018/08/19

伊沙点评：此次《新诗典》江南诗会，湘莲子过关的诗有三首，我特意从中选出本诗。本诗又善又美，还有"真"。

看书法

图雅

他让我看手机里

历代名人书法

首先是严嵩的

我说不太喜欢

然后看岳飞的

我说不喜欢

再让我看下面的一个

我说好

他说是秦桧的

再找出一个

我说喜欢

他说是和珅的

他突然说

发现你喜欢的都是奸臣

我正想反驳

他说这样的字

皇帝能不喜欢吗

2018/06/04

伊沙点评： 又会有人大喊一声：段子！——那我就要加个定语：高级的段子！又会有人大喊一声：脑筋急转弯！——那我就会跟一句话：说明不是直肠子！一切只说明：一个前抒情女诗人写了一首典型的后口语诗。不论后口语诗，还是"伊沙体"，至少它有"体"，说明的是诗学、诗型的成熟。

妇产科

李岩

两个警官
到妇产科查访一名
抬脚刚走的嫌疑人
绘声绘色描述
病人的长相
女大夫只淡淡回答
上面没看见
下面看见了

2018/05/09

伊沙点评:《新诗典》做了快八年,已经推荐了九百四十一位当代诗人,其中什么典型人物都有。李岩是老《世纪诗典》的作者,从早期超现实主义谣曲到中期现代性的批判现实主义到近期,硬是走进了后现代语境——这是不会转身的人三辈子才能完成的事情,无不令人肃然起敬!

第八辑　一个人

一个人，在路上走
为什么，不为什么
想什么，不想什么
像什么，不像什么
反正还有路可走
那就走走，再走走
眼泪，就出来了

——吉狄兆林

还是没有灵魂的好

大友

"如果有灵魂，"母亲说
"我会在墓地
等着子孙来看我
一等不来
再等还不来
灵魂
不是滋味"

2017/10/10

伊沙点评：爱骂口语诗是
"脑筋急转弯"——这个说
法有问题：容易让吃瓜群众
以为我们只转了一次，转一
次是必需的，有时要转两三
次。本诗至少转了两次！

一个人

吉狄兆林

一个人，在路上走
为什么，不为什么
想什么，不想什么
像什么，不像什么
反正还有路可走
那就走走，再走走
眼泪，就出来了

2011/03/18

伊沙点评： 太好了！不是吗？诗人发星在助攻时称其为"彝人口语大成者"，我看了果然。一大组诗中有多首过线，这是其中最好的一首。

无题

蔡喜印

一个没有双臂的女人
在公园练习舞蹈
旁边观看的
一个中年女人
压低声音
跟同伴说
"她一个人跳
感觉美感少了些
如果有一群这样的
一起跳
那就震撼了"

2018/09/26

伊沙点评：没有怀疑精神，就没有现代诗；没有批判精神，就没有现代诗——你说在这两方面，是口语诗做得好呢，还是书面语诗做得好？所以，空谈无用。中国当代诗人已经用足够多的创作实践挑战了既有的所谓"理论"。在南京诗会，我在现场听罢本诗，后背直冒凉气，令作者在强手如林中拿下一场季军。

老狗

许烟华

十年了
你还是腰不弯背不驼饭量不减
你还是牙齿尖利叫声凶猛
你还会时不时地跑到街上
用身体
向心仪的异性示爱

你这狗东西
该死的狗东西
十年之前
我怎么也没想到
你居然活到今天
居然活过了
我的父母

伊沙点评： 这一首不会有人认为不是诗吧？为什么我可以如此预判，因为它总体上比较传统。但对我来说，写不出最后两句，就是一首一般的诗；有了最后两句，就是好诗，可以入典。《新诗典》就是一台显微镜，可以一句一句分析。

213

十字架

庄生

写作的人
坐久了
两个肩膀
脖子
脊椎
会越来越疼
疼的地方
连起来
刚好是一个
十字架

伊沙点评：庄生的 14.0，创造了自己的新高，也是同题材的极限之作——我想象不出在这个题材上还能写得怎么好，这便是他在"江南诗会"上比摄影奖更大的收获。身为编辑，我知道庄生这十四首佳作多么来之不易。

骗子

易小倩

接到一个镇江的电话

以为是骗子

正准备掐断

发现是许久未联系的表弟

他向我推销一套课程

只要三百八十八

我不好意思拒绝

就把自己得了

乳腺结节的事

添油加醋

说得很严重

他听了以后

第一反应

是过年回家

帮我刮痧治病

随后绝口不提

要我买课程的事

伊沙点评：天生诗感好、诗商高的诗人写起来会很容易、很愉快，好诗率又高——我自己本来就是这样的人，所以有体验，能够理解易小倩们的写作。但从裁判的角度讲，在同一场诗会中，这样的写作却并不容易拿奖，因为你自己各首之间的区别太小。所以，光靠自然心还不够，还得有匠心。也就是说，即便是天才，也得不断给自己加压。

曼妞

唐突

滨江大道新建的小区

请了几个黑人当门卫

看到他们

我这才想起

有段时间没见

我们小区里的英国人了

以前每到周末

都能在菜市场遇到他

他的中国人不觉得漂亮的

中国老婆

他的会说英语

又会说中文的

中国人都说漂亮的

被小区人叫作"曼妞"的

黄头发女儿

看来是回了曼彻斯特

难怪我这段时间

到小区门口草地拉琴

就不见"曼妞"来听

2018/08/06

伊沙点评：老唐突比前口语主要代表诗人的年龄都大，却是后口语诗人。前口语是"诗到语言为止"，后口语是"事实的诗意"——注重的是词与物的关系。拿本诗来说，它绝不可能写在上世纪的中国，只能写在当前。事实到了，才会有由此而生发的诗意。与此同时，这诗意也必须是事实的、成立的，而不是单单用语言玩出的像诗的小花样。

窗外

黄海兮

一棵树今天被风吹着
树叶晃动
麻雀落在地上觅食
它们在找寻
昨夜我从窗户倾撒的
一杯菊花茶里的
几颗被泡过的
猩红的枸杞

草地上
那消失殆尽的
隔夜的茶
麻雀知道
是什么味道

伊沙点评： 所有公认的成功的命名，几乎都是质疑者、诋毁者成全的，比如口语诗，比如朦胧诗。不过由我最先提出的"后口语诗"也不错，既有前后分期之意。也有后现代文化背景之意，譬如黄海兮这一首禅心静美之作，不是后现代诗，却是后口语诗。我们对外承担口语诗，当仁不让；对内精研文本，加强理论，不断建构"后口语诗学"（"前口语"无诗学）。

文学课

唐欣

半开玩笑地宣称　要测试一下
年轻人血液的温度　他请几位
男生　上台来朗诵　郭沫若的
《天狗》　不出所料　第一个
声音微弱　他暗自称之为天鼠
第二个　稍微好一点　姑且算是
天羊吧　二十啷当岁　还是要有点
疯狂的嘛　在他的怂恿下　第三个
小伙子　果然开始咆哮　但还是
显得空洞　几乎像是流浪狗了
不错不错　他表扬说　这是在
春天的学校　昨天刚脱掉毛衣
今早　一场大雪就从天而降

2018/03

伊沙点评：记得我在江南诗会的现场点评中是这样说的：第一，作为职业上的同行，我就是喜欢唐欣提供的这一个不正经没正形的"坏老师"的形象；第二，我欣赏他与学生之间这种很近的距离。

南京大屠杀纪念馆

江湖海

戴上无线耳机

走进肃穆沉暗的纪念馆

娓娓解说响在右耳

让我觉得年轻的解说员小鲍

一直走在身边

事实上她有时走在前面

有时落在身后

有时在近旁，有时离得较远

只有她的眼里

泪水和悲伤是不变的

2018/10

伊沙点评： 江南诗会的采风成果，非常精确的纪实，但并非每个人都发现了诗眼（我也在场就没有发现）。用心来做这项工作是很有风险的，前有张纯如抑郁自杀的悲剧，向诗的主人公致敬！在今天，唯有口语诗（后口语），能够提供如此丰富立体的文学形象。

219

牙医的金鱼

袁源

拔下来的牙齿
顺手投进鱼缸
牙医养的金鱼
在牙床上睡觉

伊沙点评： 袁源在"长安诗歌节"中秋诗会上得了季军后说，这是他第一次获诗歌奖。现场奖自游戏始，现在已成为诗人们心目中真正的奖。拿遍所有奖，没拿过现场奖，至少在《新诗典》诗人看来不算好汉。袁源近期创作，绝对算好汉。

故乡

芦哲峰

这里的
山水树木
街道房屋
与别处
并无不同

甚至这里的
张三李四
也都是别处的
李四张三

这里和别处
最大的不同
是有一个
"我"

伊沙点评：芦哲峰两次入典早在 2011、2012 年，后来还有一次入选《中国口语诗选》。本诗有一种经典的好，口语诗能够出经典，已经成为常识。

我为什么喜欢口语诗人

黄开兵

从他的诗中

知道他喜欢什么

知道他恨什么

知道查老师是谁

知道马老师是谁

知道他刚刚吃了什么

知道他去了哪里

和这样的人交往

比较安全

伊沙点评： 虽然我对前口语诗人已经不耐烦了，但我依然会尊重我所经历的历史。这个理念是我和于坚在2002或2003年私下谈话中碰撞出来的（发明权只在我和他之间），即诗中没有亲人者，不可信任。后来我说得多些，他不怎么说（背弃了这种写作）。多年以后，我在年轻一代的诗中听到了回声，也可能出自完全相同的体验。

无题

原音

一位
中风后遗症患者
在锻炼身体
随身携带的小音响里
某歌手正在唱
越来越好
越来越好

2018/03/05

伊沙点评： 记得在江南诗会现场，面对这首诗我稍微犹豫了一下才宣布订货的。犹豫什么？我觉得本诗有点恶谑，说成美好的愿望是阐释过度，就是恶谑，我在分辨它是否过分。多年前，某演员去美国演出，其节目被认为"讽刺残疾人"——我认为也很扯淡，关键在于分寸以及你的本心是否恶。

春晓

水央

早春的夜里

很静

湿漉漉的春雨里

大地繁殖的声音

惊醒了柔软大床上

裸身抱枕的

独睡女人

伊沙点评： 海归或海不归诗人，写的几乎全是意象诗，这完全可以理解：毕竟他们远离母语之源——口语现场。我对好的意象诗的理解有二：一、语言要流动起来，不能有结石感：词咬词。二、要有佳句，有漂亮意象。本诗做到了。

权势

王紫伊

一年级一个男生

老是欺负我

我忍无可忍

甩了他一耳光

因为我知道

他不敢去告老师

成绩没我好

老师不信任他

2018/02/25

伊沙点评： 如果说江南诗会有什么诗星闪耀的话，这颗诗星叫王紫伊，小小年纪，几乎弹无虚发，在强手如林中拿下一站季军。更可怕的是，她的才华与能力明晃晃地在那儿！虽然只有2.0，但已是00后几大强手之一。在近期推荐的诗作中，本诗也是最好之一。

地球仪

张敬成

儿子轻轻

拨着

刚刚买回的地球仪

先找一找

美国在哪里

他一边找

一边自言自语

美国有没有

像我一样大的孩子正在

地球仪上

找

中国在哪里

伊沙点评：《世纪诗典》推
荐过昌耀的《斯人》——本
诗像是《斯人》的 21 世纪
升级版。与此同时，诗所对
应的世界也变了：我们已经
置身于全球化的时代中。口
语诗最善于以小见大，从日
常写本质。

放工后与两岁的儿子视频

卿荣波

没忍住
我伸出手想摸一下他
但小家伙迅速跑开了

我整天在工地上干活儿
他曾多次吃过我手上茧子的亏

2018/10/23

伊沙点评： 细节说明一切，细节也决定着真实感，只有口语诗对于细节不是过滤掉，而是放大突显，这才合文学之大道。当诗歌沦为哲学、玄学的附庸时，是口语诗把它拉回到了文学，还其本来面目。

月亮升起

王允

给学生讲《峨眉山月歌》
讲到一半忽然卡住了
学生全都屏气凝神
正等着看我笑话
但是他们都没想到
我心中正升起皎洁的月亮

伊沙点评： 本诗来自袁源的助攻。他发动自己的同事写口语诗，一下子发动了一大堆，王允是其中冒出来的佼佼者。这件事给我们带来的启示是：或许我们每个人为诗所做的都还远远不够，一做便改变了一点，哪怕是周遭的环境。

无地自容

张翼

同学们都吃完走了

就我和老师

最后的两口饭

真想不吃了

又怕老师说我浪费

嚼都没嚼就吞了下去

刚吃完

老师就在叫我

张翼

你脸上有颗饭

2018/10/21

伊沙点评：望着这样一首诗，我却想到了别的：张楚中学时代没有在任何场合演唱过，音乐老师眼中的苗子另有其人。中小学语文老师会认为这是诗吗？我怀疑。他们会把模仿课本上的新诗更像的学生当作苗子。殊不知，像本诗作者这样直接从生活中感知诗意，无意中写出了最先进的诗。

火车上的小姐姐

张子威

火车启动时
总是哆嗦一下
它哆嗦一下
很多人就跟着一起哆嗦
而我唯一的一次哆嗦
来自于
一位黑瘦女孩
抱着弟弟
像母亲一样

伊沙点评：真好！这一哆嗦，啥都有了，酸甜苦辣，五味杂陈！看在校生的作品，就是看他（她）能否摆脱学生腔，就是看他（她）能否在题材上走出校园，就是看他（她）是不是只会一味抒情。我看好本诗作者。

相拥而死

薛淡淡

隔几年就有殉情男女
从二郎山跃下
坠入窟野河相拥而死

这一年春天传来的消息是
女的跳下去后
男的从山上走下来了

再后来
就没有人愿意去跳了

2018/03/07

伊沙点评：如果没有《新诗典》，各省区诗歌实力究竟如何，也是一笔糊涂烂账，只能靠粗疏的印象。由于《新诗典》将三分之一的篇幅强行留给"新人"，所以"新人"不强，团体总分上不去。近期陕西密集出"新人"，那便是名副其实的诗歌强省，薛淡淡便是其中之一。神木二郎山我爬过、写过，所以备感亲切。

秃顶的原因

人面鱼

一群人
一起吃饭
不知是谁
说到了秃顶
并讨论起
秃顶的原因
这让一个
秃顶的官员
表情别扭起来
谈话的人
也意识到
气氛不对
我想这时
该有人救场

救场的人
果然出现了
而且救得
相当不错
他说其实秃顶
是精力充沛
脑力冲顶
把头发
烧掉了

全场一致赞同

伊沙点评： 在我见过的人中没有比人面鱼更温良恭俭让的。成熟的诗人必有立场与倾向，真正的诗人在关乎大是大非面前不会沉默。

生命的奇迹

马非

刘大爷八十多岁
近七八年来
在死亡线上
折腾过五次
最终都挺了过来
被医生称为
生命的奇迹

每次重新睁开眼睛
刘大爷都会说:
"这下好了
我儿子又有饭吃了"
他还会补充一句:
"我的退休金可不低"

刘大爷的儿子
是我的中学同学
十五年前下岗
一直没有工作

伊沙点评:《新世纪诗典》推荐诗之 2800 首——将此荣誉推荐授予满额诗人马非,因其一手缔造了必将载入中国当代诗歌史册的《中国口语诗年鉴》。《新诗典》不是"口语诗典",迄今还将五分之四的篇幅留给"他元"。但无须讳言:这五分之一的口语诗,是异出,是标志,是精魂!是以,本典坚决担当口语诗的生存、发展和成就!

233

自传

二月蓝

在李白纪念馆

一位白发老人

手握一支

蘸水的毛笔

颤悠悠地

在地上

练习书法

笔头

是海绵做的

他似乎一点也不关心

很快就干掉的字迹

2018/5/28

伊沙点评： 就像对大一新生提醒记笔记一样，提醒一下读者：二月蓝是意象诗人。那么，这是一个意象诗人写了一首口语诗呢，还是一个意象诗人写了一首庞德式的意象诗？我的天啊，在中国还需要说"庞德式的意象诗"，因为还有中国式的意象诗（其实是浪漫主义抒情诗），而"庞德式的意象诗"更接近于口语诗。

第九辑　某种诗

她说在画室
我画画你写诗
多好啊
我绝对不去
因为我绝对不写那种
"我画画你写诗"的诗

——侯马

挖坟

洪君植

狗剩

来福

二蛋

三楞

玩弹子

立下规矩

输的人到刚死三天的王奶奶坟里

取她手上的银戒

三楞输了

狗剩、来福、二蛋

先去挖坟

把来福埋了起来

三楞打开棺木

来福突然起身大叫

三楞吓死

八十年代初

狗剩、来福、二蛋

一起参加胖丫婚礼

狗剩酒后失言

消失了二十年的三楞

就这样

又回来了

伊沙点评：作者去国八载，首次归国，留下最好的一首诗是关于故乡的童年记忆。但如果一直没有离开，或许写不了这么好，总之这个积累并被触发的过程，更耐人寻味。我听别人讲，老洪苦孩子出身，一路苦过来，他对我倒啥都不讲。

死有葬身之地

刘傲夫

赶在通电前
他把父亲的老坟
迁到了
高压电线塔下

2018/11/16

伊沙点评：《与领导一起尿尿》随"典6"出版引发的争议，让作者刘傲夫彻底成名。在一个缺乏专业权威评论系统的诗坛上，无争议难成名，既成名当笑纳，只是需要在写作上更加自重一些——这番道理我在9月份北京"磨铁读诗会"当其面讲了，那一次他没有订上货。现在有了，本诗是刘成名后写的最佳诗作，推荐给他的读者。

玉兰花

梅花驿

迎面的展示台上

摆满了玫瑰和玉兰

我拿起一枝玉兰花

偷偷摸了一下花瓣

它有着肉的质感

服务员走过来说

"这是仿真花"

我还是心动了

"那就要三枝吧"

她把花包装好

放进手提袋里

嘱咐我

"平时给花儿散点水"

我忍不住问

"散水后

那些含苞的

还会开花吗"

她回答我说

"那倒不会

但花儿会显得

更娇艳一些"

伊沙点评：梅花驿还是未能走出他自己的一个低潮期，其表征就是写得太平静，把诗的 G 点提高一点会不会好一点呢？总之别着急，向李岩同志学习，李岩用彻底转型把自己带出低谷。

庆生

苇欢

在海底捞火锅店
给闺密四岁的女儿庆生
饭店是出了名的服务好
不仅给小寿星送礼物
还专为她安排了
一场变脸
喧闹的川剧声中
穿得乌漆抹黑的演员
踱着步来到我们这桌
快速挥动胳膊
一张红花脸
落下来
直接给孩子吓哭了

239

一会儿的定义

江睿

二嫚说她的一会儿有两种定义
一般吃饭后妈妈叫洗碗了
一会儿是八到十小时
如果是叫吃饭
一会儿就是十到二十秒
若昕说我的一会儿
大概是两三个小时吧
而我的一会儿
看情况
吃的玩的不超过十秒
让做作业嘛
有可能是一觉之后的事了

2018/07/19

伊沙点评：我说过，《新诗典》推荐 00 后的时刻，是中国诗坛最没脾气的时刻——一方面是在这个年龄段，典内典外差距太大；二是面对孩子，一些同行尚且能够公正对待。后口语体是特别适合一些天生诗商高而不受污染的孩子玩的，他们会把握有趣的原则让天真自现，优势比成人还大，江睿这首就是明证。

良方

李不开

有没有
一睡千年的药

不是女人
不是酒
不是死亡

我寻找
逃离
李白伊沙宿命的
良方

2018/11/28

喷子

晏非

四楼有一个喷子

我指的是机关走廊尽头

拐弯处的水龙头

打热水时总是爱喷

新来的人打水

总会被它吓一跳

甚至溅伤

时间一长

知道底细的

会从容地

先把暖壶或水杯

放在龙头下面

快速拧开

然后远远躲开

静静地看它怎么喷

伊沙点评：一首标准的后口语诗。前口语是生活流，后口语是将日常生活的"小"放大成特写，并且展现日常生活经验，经验中有聪明、智慧甚至禅意。作者与我多年前在西安的一个诗歌活动中匆匆见过一面。

火焰

农二哥

看到了母亲的坟

就想起了童年

每天都从她坟门口的沥青路过无数次

母亲说

娃　火铺上已为你点燃了木柴火焰

掏开灰　有你想吃的烤红薯呢

伊沙点评： 本诗作者是《新诗典》推荐的第五位农民诗人（真农民而非乡土诗作者），第一位仡佬族诗人（本典所含民族的丰富尚未做过正式统计）。本诗令我感动，感动是现代诗的功能与效果之一，一个无法让人感动的选本是可疑的，全是感动同样可疑。

243

医院自助挂号机

冰雪梅

排在我前面的那个女人
仓皇着
将手中紧攥的百元大钞
一张一张铺开
慌乱地触向那个机器端口

那口并不大
却足已吞下塞过来的
又软又硬的纸币

她紧张又无助地望向我
——"是这样的吗？"
——"这样行吗？"

"是的，行。"

就让我们一起吧
三拜九叩这冰冷的机器
祈愿它饱腹过后
能魔力大增
让所有的伤痛归平心神安宁

伊沙点评：太真实了！自打医院搞了这个自助挂号机，每次挂号时都会遇到恐慌者，而且多为老人，最初就是我自己！我当然喜欢、激赏、力推这样的诗，起于我们的生活，与生活同步，而止于由此产生的诗意，又并非强加上去的诗意。

退休金

周鱼

那个捡垃圾的瘦老头

看年纪六七十

总是一大早

守在小区

垃圾回收棚

见到每个

扔垃圾的住户

客气地迎上去

"先给我，谢谢哦"

仔细翻拣出

能卖钱的

饮料瓶和纸皮

室友佩服地说

"他每天这么早

比我们上班还早"

我开玩笑道：

"老人家这是每天

在这等着

领退休金"

2018/11/06

伊沙点评： 一位叫作"粥鱼大锅"的网友，不论言论，还是诗作，一看就是懂行者和潜在的好诗人，我便主动约其十首，从中选出本诗。正是本典愿推的那种：与其称"底层关怀"，不如叫"平民精神"。

危桥

萧傲剑

河面上

一座危桥

早已禁止人行

桥边

平时人们

执子之手

谈情说爱

拿着鱼竿

不辞寒暑

观景遛狗

悠闲散步

抚摩过

倚靠过的

栏杆上

站满了白鹭

昂首挺胸

双手背后

眺望着祖国的

大好河山

2018/11/16

伊沙点评： 萧傲剑也是在此次诗歌大战中杀出来的。本诗又是对"事实的诗意"的最好阐释。

终于知道什么叫号啕大哭了

王小川

在医学院急诊科门口

一个女人

抱着孩子

坐在台阶上

号啕大哭

我看见孩子

在这个冬天的傍晚

赤脚

绷得僵直

我还看见

不远处

一个男人

仰天哭着走过来

抱着台阶上

痛哭的女人

我还看见

保安把他们两个

撵到医学院门口

人行道上

他们两个

依然抱着

赤脚

绷得僵直

一动不动的孩子

号啕大哭

伊沙点评：王小川选东西泛，想广交人，自己的诗就老是粗拉拉，稿也没少投，从 1.0 到 2.0 竟用了两年时间。

247

2018/11/04

我告诉你什么叫穷凶极恶

赵克强

1987 年

我在建华教书

儿子出生后

工资不够用

就在校门口租了门面

摆起台球桌

搞第二职业

有一天

我一毛五一斤

进了一担西瓜

两毛五卖

邻乡新华劳教农场

一个劳教娃儿

来建华赶场

他指着我的西瓜问

保不保熟

我说保熟

米米是黑的就算熟

哪晓得一刀下去

西瓜米米是黑的

但瓤瓤却不是红的

他拒绝给钱

转身打台球去了

那可是五斤多西瓜

一块三毛多钱啊

而他打台球

也没到我铺子里

我一手提西瓜刀

一手捧着那西瓜

冲进隔壁台球室

刀往桌上一拍

大吼

要么把钱给了

要么把瓜吃了

那个劳教娃儿

马上虚了

把钱掏了出来

……

为一块三毛多钱

我当时

真动了杀人念头

2018/07/03

雕像的命运

柏君

二十年后我才听说
学校正门口的
大理石雕像
是以当时校长的女儿
为原型
我不由得开始担心
雕像的命运
校长换了好几茬儿
不知雕像
换没换面孔
比如换成
其他校长的女儿
或某任校长的妻子
甚至喜欢的
我翻出发黄的毕业照
我们身后的雕像
已经面目不清

2013/03/24

伊沙点评： 每周来听我课的李海泉对我说，他细读"典1"至"典7"发现：前几本能入典的诗，放到后来就入不了了——当然是这样，我们迄今已经积累到2818首诗，在诗的新意上的要求已经大大提高了。所以我初读本诗很兴奋，因为这种经验我此前没有，又天然符合"事实的诗意"，其中暗含的讽意所形成的张力太大了。

他也算过节了

王清让

平安夜
花园路街头
一个乞丐的碗里
多了几枚
红苹果

伊沙点评：王清让的写作有个问题，就是一味苦到底——关心民生疾苦没有错，但把它当作诗人手中的武器就有问题了——像有企图心。所以，初读本诗时，红苹果让我格外惊喜，他的诗中需要有这样的红苹果！

日记

叶子

末伏最后一天

山谷闷热

中午时还在坡上

冒了些汗

把清早种的菠菜

用狼牙刺围好

回来做饭

草草吃完就

倒到炕上睡着了

醒后觉得喉咙不适

这会儿天色阴沉

骑车赶到镇上

买烟　粘鼠板　拖把

和一元钱三个馒头

又驱车回来

停在当院

掮上锄头

上山去转

拾掇柴胡若干

搁置在烧水壶里

打开开关

这当儿

慢慢吃馍　吃甘薯

慢慢吞咽

就想

感冒药并不太贵

又为啥偏偏记不起

在镇上时买点哩

伊沙点评： 这是"长安诗歌节"西外大中秋诗会的现场订货，我欣赏本诗，原因有二：其一是它的质地，在《新诗典》诗人中独一无二；其二是通过真实还原的方式对小资式隐居诗的有力反驳：隐居山中，可不像你们想的那么清风明月。

秃顶记

周鸣

在父系
男性亲属中
没有一个秃顶的
爷爷没有秃
爸爸没有秃
二叔没有秃
小叔没有秃
两个堂弟
也没有秃
唯独我一人
年过四十
就开始秃了
并且越秃
越厉害
有人戏称我
是三代一绝
我笑着回应
绝就绝呗
反正比那些
头发茂密的
太监
强多了

伊沙点评：本诗，多么独
特，多么叫人开心，这就
够了！

254

瞬间

春树

我们拉着对方的手
就这么握着
徒然多出许多亲热
周围是些熟人和陌生同行
"你好么？"她问
我像所有刚从外国回来的人一样
忘记了客套
"不好。"

2018/10/29

伊沙点评： 我说过不止一次了：春树出国，轻而易举登上了中国侨民文学的顶峰，因为意识的先锋、武器的先进——她是带着后口语诗去的，说小话、说真话、事实的诗意、艺术的追求都是中国后口语诗题中应有之义。值此圣诞佳节，请她出场向全体《新诗典》诗人，尤其是身在异国他乡的诗人祝贺圣诞！

捡回来的诗

游若昕

我写过的诗中
有不少
是从
老师批改认为
写得不好
的作文里
捡回来的

2018/11/28

伊沙点评： 反对推 00 后的成年诗人，至今还把 00 后降低标准区别对待的成年诗人，你们写呀，写得出来本诗吗？把你们高高在上自以为聪明的脑袋动爆了，你们也写不出来！事实上，中国绝大部分成年诗人的意识不如游若昕，这是先锋诗——先锋诗不都是血乎拉拉脏乱差，它取决于先进的意识。

物种起源

吴雨伦

上帝
偏执的烹饪大师

在火山沸煮海洋的
四十亿年后
创造了草履虫、恐龙
和我们

伊沙点评： 初读本诗时我内心赞叹道：大手笔！如果光有"上帝／偏执的烹饪大师"，我可能不会这么确信，但是后面有"草履虫"，还有"我们"，那就没问题了！"大"中有"小"，气势中有天趣，方才可信。这种超强的平衡感是天生的，是天才的一部分。

257

他们不写诗尤其口语诗，可惜了

游连斌

1
面对不断走高的油价
甲说
开车时
每天都听到
硬币
叮叮当当
从排气管往下掉

2
饭吃至一半
乙起身离座
说
不好意思
请个假
我说你又开会
乙说嗯
听局长喷花洒

3
第一次出海
到鱼排边上钓鱼
有几次
大惊小怪地

以为钓到大鱼

鱼竿都拉弯了

也没拉上来

其实都是

甩竿不得要领

在水下勾住了

渔民丙说

你们这

钓地球呢

4

说到那个

见谁都笑

办事拖拉

很会做人

的人

丁说

那人

在街上

见到棵树

都能聊

半个小时

2018/11/08

伊沙点评：本诗唤起了我的共鸣：在现实生活中，我也有很多时刻，有过同样的遭遇和感叹，好像也写过类似的诗，譬如有一首写到老G的外婆——一个民间口头语言大师。但如果一定要较真的话，事情就不简单了：首先从口到手的转换是大关；其次他们会认为这是诗吗；再次因为尚未触及事实的诗意，不敢肯定他们的诗人潜质。结论或许应该是：爱说两句俏皮话，与诗人有啥关系呢？

斜视

西娃

她们都沉默了
当我在这 155 个喜欢并使用精油的人中
讲完——如何用精油调节
男性生殖系统的问题

我讲课涉及的区域：勃起障碍
精子量低、睾丸素过高、阳痿
雄性激素不稳定、荷尔蒙失调、男性不育

她们退场，或低头看手机
或歪着嘴看我，嘴角露出耻笑
曾在私信里，言谈中
她们拐弯抹角问过我，此类症状

现在，仿佛只有我的男人
遇到了以上问题

2018/08/12

伊沙点评： 过去一年，是西娃小年，每当她把精油与诗并提时，我都怕诗神听见。以其现有成就，即使从此罢笔不写了，也比其来处——泛抒情的那些强。在泛诗坛照样可以出来进去地混，但是放在"NPC 国家集训队"不行，这里四个月写不出一首佳作就不让上场比赛了。本诗又是靠的胆子大，一个诗人也不能老靠胆子大，那岂不成二敢子了？本主持"西安—北京"高铁上推荐。

南京大屠杀遇难同胞纪念馆

伊沙

在中国的哭墙下
让我哭

这是华夏大地上
所有景点中
我最不敢看的

但是身为中国人
一生必须
看一次

身为中国大诗人
必须双目圆睁
直至双目淌血

在中国的哭墙下
让我哭

伊沙点评： 大诗主义拿
"大"吓谁？口语诗也可以
"大"，伊沙也可以"大"。
我们的"大"是亲历的、具
体的、可感的"大"，我们
也可以步步为营，我们也可
以正面强攻，我们也可以铁
肩担道，我们也可以洪钟
大吕。

某种诗

侯马

有一位来自故乡的朋友

是一位画家

当她意外发现

我写诗的时候

十分兴奋

邀请我去

她的画室

她说在画室

我画画你写诗

多好啊

我绝对不去

因为我绝对不写那种

"我画画你写诗"的诗

2018/10/03

伊沙点评： 晚投三天稿，相差一天推荐，侯马终于掉了一只轮子，满额纪录作古，大概是太忙了吧，为职业做的牺牲。满额，就是这么难，目前还有四位。本诗是属于那种有态度的诗，我们需要有态度的诗。

说点什么

君儿

我的第一个孩子
是和丈夫婚前有的
没办法只能流掉
不知道怎么请假
转天就上班了
生下儿子后
又有过三次
不敢要
也不可能要
乖乖到医院做人流
一次是在家吃药
恶心得死去活来
每次都和丈夫
翻脸月余甚至半年
为此早早结束了
夫妻生活
现在是毗邻而居
基本上做到了
睦邻友好
国策是怎么深及
一个中国家庭
婚姻生活的
我想我也有权利
说点什么了

伊沙点评：昨天，在天津"葵之怒放诗歌节""新诗典跨年诗会"现场，君儿获得了她的首个现场冠军，长久喜不自禁，这一厢中国民间诗会的现场奖价值有多高？她获得过"NPC 李白诗歌奖"金诗奖、"韩国亚洲诗人奖"，却是第一次获得现场冠军。本诗满篇都是痛与思，中国先锋诗人的写作勇气早已越过了向外表演的层次，敢于向内下刀子，无知的批评者连根毛都逮不着。本主持天津推荐。

263

辋川记事

朱剑

寒露日
终南山中
访辋川王维
早已不复存在的故居
和两个保安一起
坐在他当年亲手
栽种的千年银杏树下
他们在剥花生吃
旁边废弃的工厂厂房
残破的玻璃窗户后面
一张人脸一闪而没

伊沙点评： 朱剑中年得子，带来创作的好状态，可见惠顾写作的不光是苦难的命运，还有生命的狂喜。陕西有句谚语：秦地事邪——说的是老有奇怪的灵验，对于有心的当代诗人来说，在此地长与众神的灵魂同在。本主持天津推荐。

魔力

起子

小区门外路边

一辆没了反光镜的车

占着一个车位

停了一两年

车身上落满了灰

听说有人多次

向交管部门反映

这辆车

依然一直停在那儿

有一天我看到

车身的灰尘上被人

用手指写了

"自由"两个字

这辆车获得了某种魔力

在几天后

自己蒸发了

2018/05/16

伊沙点评：起子在经历了一段平淡期后，在江南诗会上小有爆发。我在整理《有话要说》时发现惊人的两句："人放下，诗咋办？"——活得太过平淡，内心如止水，诗就不会旺。所以呀，起子若志存高远，日常就得抵制江南的小日子。

第十辑　别端着

顾城吵架似的

说我知道你的主张

不就是说话别端着嘛

快四十年了，一晃

——王小龙

吃夜宵记

刘川

明明已经

在食堂吃过了

仍然想吃

名之为夜宵

明明是去吃东西

却常只是

喝点小酒

明明是喝了点小酒

却常大有醉意

愤愤离席

大骂着归来

明明是生气归来

中途偶遇领导

却仍然嘻嘻笑着

上前问好

明明与领导道别时

无比地欢天喜地

回家却突然

抬手给了自己

一记耳光

伊沙点评：刘川上一次推荐是在 2017 年 8 月，一年以上未推荐意味着掉了一本书，主要是他自己未投稿，感觉有点爱惜羽毛过于谨慎了。其实你完全可以就当自己是《动物学报》（我父亲常发论文在此）主编，职业与创作没关系，无须顾及什么形象。这个年龄，正值壮年，当保持冲力。没错，本诗，是刘川本来的样子。

义乳

闫永敏

为母亲网购的义乳到了

是硅胶材质

摸起来软软滑滑

母亲像试新衣一样

站在我面前问效果

义乳的大小按重量计算

母亲给它称重

为了防止被父亲看见

母亲把它包在黑色塑料袋里

称完后满意地说

三百克，一点儿也不少

伊沙点评：只有在口语诗中，我能够看到现实生活新的增长点，在风花雪月的书面语诗中绝无可能。那么，有没有这么一种可能：口语诗只注重内容创新，书面语诗专门负责形式创新？做梦吧，我在课堂上讲过：内容与形式，不是皮肉关系，而是血肉关系，血肉难分！

我为语言而战

还非

在某个月黑天高之夜
我想，世界最后的一场战争
会不会是因语言而引发
我也经常于夜半时分
写下这样的随笔手记
当母语的文化基因
已进入民族每一个人的肌体之中
哦诗人
你就是这个民族阵地上的
最后一名守卫士兵

伊沙点评： 第八届"NPC
李白奖"刚评出，大家光看
到了评论奖韩敬源与庞华的
"明争"，未看到特别奖唐突
与还非之"暗斗"。最终老
还输在了现代性与推荐次数
上，单首诗的"尖"还胜于
老唐，但好在还有下届，还
有他奖（我同样对庞说）。

平安夜

老张

根据国际惯例

交战双方在重大节日

可以罢兵休战几日

诗战双方在平安夜

以零时为准

前后各罢八小时

我方用探照灯发现

敌方几个小鬼

正在自家巷道里火拼

2018/12/24

伊沙点评： 一部分口语诗人，还是比较典型的后口语诗人，只会写现实生活的一地鸡毛，一点文人气都没有，一关乎大的观念就不灵了，也不行，这种人叫"现实奴"，把这种状态视为"小"我同意——这就是我大张旗鼓写《梦》的原因。本诗写得好玩，好玩是重要的。

祭

朱广录

秋日午后
老支书带着正好的阳光和我
低头弯腰
向生长出大片大片稻谷的土地
三鞠躬后
在田埂上
点燃了金裱纸上的文字
袅袅青烟中
一群饿死的人
上了青天

伊沙点评：本诗是"长安诗歌节"中秋诗会冠军作品，作者从初订货到 2.0，头两步都很顺利，颇有年度暴发户的意思。越是如此，我越要提醒一下作者：口语诗的道深着呢，并且别指望在你更了解的传统文化中找寻它的捷径，它没有捷径，必须首先做好一个现代人。

回老家听婆婆说

绿天

年轻人都跑城里了

就剩下几个

寡居多年的老婆婆

她们夜里睡不着

就用拐杖

敲击墙壁

梆 · 梆　梆

听一下

这活着的声响

273

南行记

赵壮志

满身烟气酒气

在成都居民区

铺满火锅味的床上

裹着棉被冬眠

这一晚

我梦见了

陕北的火炕

也只有这一晚

没被冻醒

伊沙点评： "怀念故乡"是个陈旧的主题，但是本诗却能提供给你新的信息：冬天里的中国，寒冷的南方和温暖的北方——是为"旧瓶装新酒"。创新不在大而无当，而在从小做起。

鸿沟

明之之

地铁上
一个民工
看到一个孕妇
起来让座

孕妇看到
座位上的尘土
迟疑了片刻
弱弱地问
能帮我擦一下吗

民工一脸迷惘
再次坐下
默不作声

2017/03/31

伊沙点评：书写人性之复杂
是后口语诗的利器，本诗又
让我们见识了一回。

南山

王爱红

自从长大之后
我就再也没有去过那个地方
也许，它早已被岁月
被正午的炮声夷为平地

伊沙点评：这是一个君子之交的故事：本诗作者爱红兄待我甚厚，称我为大师，发我书法发我诗，对我极为慷慨。他将其诗投我，我却表现得极其小气，否定其多组，一直等到这一首，其间经历诗歌大战，爱红兄一直待我如初。自视甚高的他能够这样，可见其人品，而我苛求他的不过是诗的现代性。

衣服上的体温计

袁逸风

今天的天气非常热

我穿了一件衣服

上面带有胶皮的数字

数字是 08

它的功能相当于一个体温计

天热的时候去摸它

会感到非常烫

天冷的时候去摸它

会感到凉

伊沙点评： 推 00 后的头，是我开的，其实我走得很稳，到了 10 后这一块，走得更稳了。这是第二个 10 后，第一个男 10 后，依然是"诗二代"，其父袁源带他参加"长安诗歌节"现场场，结果他一举拿下了现场季军。本诗，太过典型的"事实的诗意"。

277

别端着

王小龙

顾城吵架似的
说我知道你的主张
不就是说话别端着嘛
快四十年了，一晃

也是，领导人才端着
诈骗犯才端着
戏不行的演员才端着
门卫小哥才端着

这词来自梨园大概
端着点，一泄气全没
请了，你试试
后边跟的是千岁千千岁

端着干吗呢
除非你需要戏台
需要打赏
需要喝彩

怀念那时的顾城
尽管他也不说人话
可那是天籁
只可意会

伊沙点评：日后人们无法读懂诗歌史这一页：为什么在20世纪80年代前期，中国口语诗的初创者，十有八九都当了口语诗的叛徒，不叛的是开山鼻祖头一号王小龙！勘察出王小龙在口语诗中的重要地位与重大影响，是我在20世纪90年代中期，在诗人柯平的帮助下完成的科研任务，通过《世纪诗典》加以推广，现已得到诗坛公认。本诗并非是其近作中最好的一首，但意义重大：王小龙当年与朦胧诗人有过近身接触，它写出了分歧，属于有立场有态度的诗。

在波尔多的一个酒庄

沈浩波

主人在向我们介绍

他家酿的梅洛红酒

他是个基督徒

他说葡萄酒是耶稣的血

这时我听到窗外

漫山遍野的葡萄树

举起干枯的手，齐声唱道

不，是我们的血

2018/12/18

伊沙点评： 本诗借用了西方的一个名典，名典好用，但如果自己没有厉害的东西拿出来，就会被压死，沈浩波拿出的是惊人的形象——"漫山遍野的葡萄树 / 举起干枯的手"。压住了，好诗！"磨铁读诗会"迎新诗会冠军作品，他加冕"NPC李白诗歌奖"成就奖后的首次推荐奖，典中第一个25.0。众所周知，他是《新诗典》理事长，除我之外贡献最大，《新诗典》也是天然适合他玩的游戏：典中满额诗人目前只剩四大金刚，若问我谁最安全，我会说：左突右冲该狠时绝不手软的沈浩波！

活着

轩辕轼轲

侯牧人的女儿
给得了脑梗的爸爸
做了一个纪录片
片中的老侯
没有了长发和胡须
戴着黑框眼镜
说话一字一顿
在录音棚
他试唱新写的歌
"活着多好啊"
片尾女儿问他
"摇滚是什么"
他回答
"就是活着"

2018/06/30

伊沙点评：这是去秋江南诗会南京先锋书店场亚军作品。我估计 80 后以降者已经不知道侯牧人是谁了，用今天流行的词儿该叫中国骨灰级的流行音乐家。我个人不认为他是一个多么纯粹的摇滚人，但是这个话说得好：摇滚就是活着！昨天又听到一个 90 后女诗人自杀的消息，看了看其诗，写得大而颓，我们对艺术的理解真的关乎我们的生命。

助听器

左右

这只中国制造的
耳朵
比上帝恩赐的那两只
强多了

伊沙点评： 耳朵周边一立方米，就是左右管控的空间，他在这个区域之内是世界级的诗人。这不，又一首杰作摆在大家面前，什么都不用说，好好欣赏吧。本主持广东虎门推荐。

足迹

艾蒿

小时候
家乡的山中
太阳早晨九点升起
下午三点落下
后来在西安
太阳早晨六点升起
七点落下
如今我身居的重庆
雾多
我尚未注意到
太阳从哪边升起与落下
我似乎总没有
太多时间去观察
如果在这里
我一直生活到年老
看明白了这里的
日升与日落
也许我就可以说重庆
是我的家

盲文

李东泽

我闭上双眼
用手指肚去触摸这上天赐予的
凸凸凹凹的光明
在心里流了泪

2018/11/28

伊沙点评：好！本诗在提醒
我们：残疾人题材并非残
疾诗人的专利，我们也照样
可以写好。还有便是，不要
一日常生活，就忘了极端体
验——这恰恰又是后口语超
越前口语的地方。本主持柬
埔寨金边推荐。

初恋祭日

庞华

世贸大楼被飞机
撞落的那一截
埋掉了我的初恋
她叫黎娜
骨灰没有飞回来

伊沙点评： 我喜欢本诗的原因是在于它有点突兀感，有点陌生化。他人对口语诗的全盘否定，不应该成为我们不正视口语诗发展中所存在问题的理由，譬如将机械现实主义等同于口语诗，逻辑性过于死板等等。中国后口语诗不该站在现代主义的对立面，而在于对其激活与再造。本主持柬埔寨暹粒推荐。

胎教

吾桐紫

怀孕的时候

特别爱看

探案小说

灵异故事

恐怖电影

现在

福尔摩斯探案集

是女儿餐桌上的书

灵异恐怖鬼故事

是她的睡前故事

还好老公

在孕期

对肚子里的女儿

读了一些

他写的诗

2018/12/29

伊沙点评： 既然有人把后口语诗称为"段子"，那好，这正好说明它有其他体裁所没有的内容：好玩。胎教有无用，不是本诗所关注，好玩才是其追求。人生苦短，烦恼无穷，自在好玩，不好吗？本主持柬埔寨暹粒推荐。

跟几个演员吃饭

刘斌

进了包间

他们摘下连帽衫的帽子

摘下口罩

放下鸭舌帽

吃了一会儿

有人想上厕所

就跟那个有鸭舌帽的

借帽子

然后其他演员

轮流借帽子

都去

上了一回厕所

伊沙点评： 在柬埔寨，与知识渊博的诗人张小云同屋，颇受教，他说好厨子是七分靠原材料，三分靠手艺，比我想象的前者更多。我曾提醒过同行，创新勿忘从内容下手。本诗主要赢在内容，这种题材在典中很少见。本主持柬埔寨暹粒推荐。

麦熟时节

散心

酒桌上
有人问县医院
的主刀大夫
最近病号多不多
大夫抽抽鼻子
说
不多
你没闻到麦香吗
农村忙麦收呢
谁有空来看病啊

伊沙点评： 与大草相似，散心也是迟到的诗江湖诗人，借此机会抒句情：你们来得再晚，《新诗典》也等着你们，只要你们握有好诗。在此之前，散心投过一次稿，未遂。本诗很巧，巧妙地表现出中国活性文化的生态环境。

磨刀记

邹雪峰

每逢周末

一个磨刀师傅

就会来小区里磨刀

从早磨到晚

一把把刀

又找回了它的锋利

来磨刀的

多数是家家户户的女人

常能看到

女人们提着一把

磨得锃亮的刀回家

即使走在春风里

样子还是有点儿狠

2018/04/15

伊沙点评：我记得去年9月的"磨铁读诗会"上，我对一位诗人说："虽然这次你没有订上货，但你绝对是有实力的，也是非常适合口语诗的，你一定要坚持写下去。"然后到了去年年底的"磨铁迎新读诗会"上，这位诗人如同一匹黑马，勇夺现场亚军，自然便是订货入典了。这位诗人便是今天推荐的邹雪峰。

十日谈

郭栋

恢复高考读中文系

要学世界名著

只发给班里一本《十日谈》

学习委员是位女生

自然先在女生宿舍里传阅

传给男生时我发现

书页断面发黑的部分

都是有关男人那点事

男生传阅后

整个书的断面全都黑了

伊沙点评: 妙哉!我为什么要领着一帮诗人去柬埔寨这样的国家?有时候觉得我们这代人幸运得有点不可思议,在急剧动荡的大变革中经历了一切,这是从沟里爬起来的记忆,包括熟悉而又陌生的柬埔寨。本诗作者虽为本典"新人",却已对诗做出过重大贡献,他是徐江主编《1991年后诗选》的出版人。

节目

草屋

女儿第一次
到单位找她
就从窗口看见
一个男人
从凳子后面搂着
她妈妈的脖子
她问她妈
那个男人是谁
为什么要那样
她妈妈说
肯定是她看错了
从外面往楼上看
就像看魔术表演
因为视角的关系
所看到的
都不是真的
女儿说
她最不爱看
什么魔术表演了

2019/01/12

伊沙点评：一部好诗选，是
选出来的，不是约出来的。
每次选稿，从稿海中打捞
"新人"，靠的就是真本领，
本诗及其作者就是这么打捞
出来的。至于 60 后还在出
有实力的"新人"，在本典
是常见之事。

雷雨夜失恋

桃子

闪电劈中我
或者飓风卷走我
都好

比我困了睡不着
饿了吃不下好

2019/01/20 虎门

伊沙点评：桃子是二月蓝的女儿、江睿的表姐——当然，这不是她入典的理由，而是佳话。事实上，她在虎门诗会念出本诗被我订货的一瞬，我并不知道她是谁。现在这个诗人之家又添丁了。本诗很有 90 后的特点，这一代确实有点不一样。

291

美好的事物

秦朗

一些美好的事物
容易被点燃

从它们突出的部位
比如初夏的草莓、爱人的唇

伊沙点评： 85 后新人的诗
告诉你：《新世纪诗典》并
不独尊口语诗——这一首
就不是口语诗（从诗维上不
是）。问题只在于，你能否
写到这么好。

草稿纸

黄海兮

2019.2.3

河口镇的废品收购站

收购来的废纸

大都来自各级乡村诊所

和乡镇卫生院用过的药品包装盒

注射器包装盒

注射盐水和各种输液瓶的包装箱

还有一些来自河口镇政府、财政所、派出所的

会议记录本、旧报刊、记账本、讲话稿

这些废品收购站的废纸

又被我父亲买回来给我

当练字本和草稿纸

有一天，我从会议记录本里

看到许多并列的名字

其中有些名字上面用红墨水打着 ×

空白处写着"牛鬼蛇神"

四个越来越模糊的字

我用铅笔描摹了一遍

然后翻过这一页密密麻麻的文字

这些泛黄的县革委会稿子上写着

日期为 1970 年 4 月 17 日

写于 2018/12/2

伊沙点评：黄海兮的诗，有一大优点：文学性强——这与他兼写散文、小说有关，也不尽然，还是对诗作为文学形式之一种理解得到位……这不是个小问题，有人从未在文学的意义上思考过诗，以为诗是浅哲学或语言学练习呢。本诗之质感，便是文学之魅力。

第十一辑　不要把耳朵掏得太空

妻子说
不要把耳朵掏得太空
否则
容易听到死神的呜咽

——云瓦

白桑葚

里所

滨河路东边的墓地

曾是我们童年的

秘密园地

桑树结满饱胀的白果

白皙的汁水

迎着白亮的日光

在夜晚的磷火中

最勇敢的男孩

找到一块人骨

挥舞着在我们背后追跑

那年我十三岁

穿过滨河路回家的时候

看见一个死孩子

流淌着脑浆

2018/11/16

伊沙点评： 农历除夕，是过年的开始，《新世纪诗典》也将进入一个特邀诗人以诗拜年的单元。首先请出的是80后女诗人里所为《新诗典》全体女诗人拜年。中国人过年，女性比男性辛苦，理当优先。本诗是去年岁尾磨铁迎新诗会季军作品，作者自己记着呢：是她第一次进入现场奖三甲——这一方面说明真正的荣誉来之不易，另一方面说明她真的长诗了。

为昏迷中的老朋友祈祷

徐江

又是一个

同龄老朋友

昏迷的消息

这次是在会场

无非是心脏

无非是大脑或血管

这已经是我最近

第三四次听到死神

与同龄人拉扯的声音

也许是过往的这二十年

酒肉吃得太多了

作为习惯了祖祖辈辈

在战乱中逃亡

在天灾人祸里

吃糠咽菜的民族

我们这一代

未来一两代的基因

都还没准备好

像白人那样吃喝

伊沙点评： 大年初一，用满额诗人徐江为我们共同的故人祈福的诗，向八年《新世纪诗典》最庞大的主力兵团——60后诗人们拜年！60后诗人承担着将中国诗人的创作生命大大延长的光荣使命，是第一代全球化世界性的中国诗人。本诗的深刻性已经抵达了医学和人类学。

既然一个都不少

王有尾

总会有沉渣浮起
在口语诗人面前
说三道四者有之
大声骂娘者有之
隔岸观火者有之
暗自叫好者有之
明修栈道
暗度陈仓者有之
背后暗挺者有之
微窗示好者有之
顾左右而言他者有之
世外高人相者有之
你好我好人家好者有之
关我屁事者有之
关你屁事者有之

总是这样
总会这样

大先生说得好
一个都不宽恕

那么现在
就请你们尽情地
怨恨吧

伊沙点评： 先给 70 后拜年呢，还是先给 80 后拜年？我犹豫了一下——这是一个很重要的信号（所有在本典重要的必然在中国当代诗歌中重要）：两者总体实力已经难分伯仲了。70 后正如他们自己说的：属于夹缝中的一代。在诗上，是在狂热的理想主义的 60 后与青春激情犹在的 80 后的夹击中前行，压力甚大。今天，请 70 后的小字辈王有尾用一首出色的诗来给《新诗典》70 后军团拜年，希望他们在走向成熟的同时不要过早老去！

2018/12/26

价值导向

西毒何殇

我相信
有一部分
原始人
反对把野牛交媾
画到岩壁上

伊沙点评：《新诗典》八年，80 后军团成长为中国诗坛生力军，目前的他们正值创作的好时候。请"点儿数"最高的 80 后诗人向《新诗典》80 后军团拜年！

父亲

易小倩

父亲送我去上大学

为了省钱

两人住一间大床房

那晚我来了月经

弄脏了床单

我躲在卫生间洗

父亲嫌我洗不干净

可能要赔钱

他一边用力搓

一边怪我不小心

看到我眼眶红了

脾气火爆的他

叹了口气

柔声安慰我说

没事　赔钱就赔钱吧

反正回去的票

已经买了

伊沙点评： 大年初四，请90后最优秀的女诗人易小倩用本诗向90后部队拜年！本诗写得真实而残酷，并且它代表着我能接受的那个"度"——适与不适间的分寸点。

老板娘早餐店

杨渡

楼下早餐店从此不再提供早餐

改卖午餐和晚餐

老板娘说

早起太累了

不睡懒觉一天都没精神

而且这对皮肤有坏处

但改店名太麻烦

她就不改了

早餐店还是叫作早餐店

为了说这件事

老板娘早餐店的老板娘

最后一次

被迫早起

2018/01/05

伊沙点评： 开创之初，哪里想得到，00 后诗人竟成《新诗典》一大特色，中国最闪亮的少年诗星尽在本典，这是对路正心正的严肃者的厚报！大年初五，我们有请 00 后中最优秀的男诗人杨渡向 00 后部队拜年，祝他们在猪年之中好好学习健康成长，发出更加夺目的诗歌光芒！

乳

全京业

金边去往暹粒的路上
路边有望不到边际的
橡胶树林
旅游大巴暂停
让我们体验原始橡胶

一刀一刀切开
橡胶树皮
树汁像乳液
慢慢流着
顺着切开的槽痕
和塑料做成的接槽
一滴一滴掉进
黑乎乎的碗里

看着橡胶树上的
一道道切痕
想起我上大学的
头天晚上
妈妈跟我说的话
你吃奶的时候
每次给你剪指甲
你每次吃奶
都在我的乳房上
留下几道挠痕

302

伊沙点评：50后以上的诗人，即1959年以前出生的诗人，在本典属大熊猫——国家一级保护动物。大年初六，有请朝鲜族50后诗人全京业以本诗向他们拜年，希望他们在新的猪年中身体健康、生活愉快、创作有成！他们六十岁以上的"高龄"对于我们这个人种来说属于创作极限，等待着他们中的个体以及我们这些后来者的挑战！

打嗝

海菁

姥姥来了

我就能吃饱

能吃饱

也

能打嗝

打嗝的感觉真好

伊沙点评：说《新诗典》推00后和10后是"误人子弟"的人，有两类：一类没孩子，一类自家孩子是书呆子。如果你家孩子不到八岁写出了本诗，你该怎么办？不作为让他（她）自生自灭？我是过来人、资深职业教育工作者，我来告诉你：学业靠用功读书、事业靠特殊才能，你家孩子没有后者，别说我"误人子弟"。10后在本典，目前只有两位诗人，请海菁出来，不是给另一位拜年，而是召唤更多的10后。

母亲的姓名

摆丢

因买机票
这么多年来
我竟然第一次知道
母亲在身份证上的名字
母亲本姓钟
身份证的姓名却是
王江妈
是村干给起的
我姓王
我的小名叫
江

伊沙点评：据我所知，在中华大家庭中，很多少数民族既有自己的年，又过汉族的年，所以在大年初八，有请最优秀的苗族诗人摆丢向《新诗典》中所有少数民族诗人（本典又一大特色）拜年，用一首朴素而令人心疼的歌颂母亲的诗。至此，从大年三十开始的拜年单元，在经历九位诗人之后圆满结束。

怀抱理想的年轻人

唐欣

一九八二年　刚来工厂　他注意到

年轻人们　都有点死气沉沉

其实他自己就不是什么

活跃分子　怎么办呢　异想

天开　给《光明日报》上书

要赋予青年以理想　他邀请

几位好朋友联署　没想到

有个家伙因为打架被抓了

信从拘留所退回到他的单位

车间主任问他　信里的"打响"

是什么意思　是想要上战场吗

说不清楚　领导看着文弱的傻瓜

忍住笑　回去干活儿吧　倒也好

他的妄想症　就这样被治愈了

2018/12

伊沙点评：祝贺唐欣以弱轮保住满额。我建立的评判系统已经非常严谨科学，对唐欣来说，拿到现场奖必是强轮，未拿但订货即弱轮。我当面已经说了，把"我"写成"他"是不先进的，不是我故意要跟前口语为敌，前口语就是不先进嘛。还有，写作不能以第二手材料为主——这在老唐是个问题，说明对知识分子写作的有害性认识不够。

雪人

宋壮壮

下大雪了

针灸门诊里

五个白大褂

闲坐着喝茶

一个病人也没有

窗外白茫茫

一个白大褂

在窗台上

堆出一个小雪人

在雪人屁股上

扎了一针

几个白大褂笑着

一人扎了雪人一针

这一天的工作

完成了

2019/01/19

伊沙点评： 春雪降华夏，雪诗霸了屏，问都不用问：典诗必脱颖而出，战而胜之！有人说，巴萨的胜利，是风格的胜利，《新诗典》——主要指后口语诗越来越趋近于这种"风格的胜利"，因为自带先进性：别出心裁、另辟蹊径成为这种诗歌题中应有之义。

经历

邢非

躺在阳光里
我只是下意识地
哼唱了个开头
然后一整场样板戏
源源不断地涌了出来
唱腔、唱词、对白
一点不差

我可是个连父母生日都记不住的人啊

伊沙点评：邢非的 5.0。上
典节奏是 1、3、5、7、9——
逢奇数年上典一次，作为
出道不晚的老诗人上得有点
少，徐江私下跟我介绍说是
长年为家事所累——这是诗
歌史最不爱听的理由。"长
安诗歌节"九年，我的感受
是六七个同人，家家都有
事，谁也逃不了。当然，正
是因为本诗很好，才值得我
念叨这些。

307

在柬埔寨

湘莲子

踩在松软的
泥土上
我小心翼翼
生怕
一不留意
踩到骷髅头

2019/01/24

伊沙点评：《新诗典》诗人出国行，我之所以不倡导，是因为这首先牵扯到经济基础，像湘莲子这种经济发达省份的中产阶层，又毫无家庭负担，我鼓励她多出。没有越南行，即使她前夫赴越参过战，她也想不起来写；此次柬埔寨，她又留下了本首杰作，狠中带巧：地雷隐掉了，代之以骷髅——口语的叙述中完成了最高级的意象转换。

勋章

康蚂

我爸一辈子没当过兵
但酷爱穿军装
年轻时穿军装给人打家具
穿军装送我和妹妹上幼儿园
下岗后穿军装到农村养羊
参加婚宴喝醉被混混打
在呼和浩特当兵的五叔
拎着武装带给我爸报仇
临出门前五叔对着镜子
认真地别好胸前那枚
部队授予他的勋章

伊沙点评： 有时候，我们的人生会经历一些莫名其妙的未明地带，与其解释不清，不如自强不息。久违的康蚂在天津"葵典迎新诗会"夺得的殿军，在我心中分量很重，靠的就是本诗。他依然是蒙古族最优秀的现代诗人。

烤猪在一条朝南走的狗的心脏里哭

李异

我想和诗人们
一起去日本
(看新宿歌舞伎町
拜访漫画大师鸟山明、池上辽一)
去台湾
(吃地道中国小吃
欣赏壁纸一样的清新美少女)
去柬埔寨
(听吴哥窟石板缝里
游魂的呼喊)
我还想今年夏天
去俄罗斯
(艾蒿报名了)
但都只是想想而已
(我是一个没钱的男人)
昨晚
陪女儿
在房间玩
她说爸爸
我们来游泳吧
于是我就趴在床垫和棉被上
模拟着自由泳的姿势
劈波斩浪
身无分文的爸爸
真像一只
无蹼的鸭子

伊沙点评: 前年夏天在重庆,大家给我挖了一大坑:我本来是批评李异,自家门生,便不客气,大家非要让我以同等诚实对待几位已离会诗人甚至未出席诗人,结果造成了两位"老三代"与我关系的转折点。也造成了首当其冲的李异这一次惊天大反弹:个人写作状态从马里亚纳海沟弹上了青藏高原——毫无疑问,本诗是2月下半月这个很强半月中的强中强,所以放在正月十五闹元宵,祝所有《新诗典》诗人中的正人君子元宵节快乐!

照相

蒋涛

小学三年级

全班参观大雁塔

在列队集合时

一队高大并白花花的

欧洲旅游团经过

一个老太太

把我轻轻拉出队伍

合了一张影

班主任在一旁微笑着

今天上午

我们这个中国旅游团

来到柬埔寨高棉村

我从看上去不像四十岁的

妈妈手中接过一个男孩

抱着合影

仿佛抱起了

童年的我

2019/01/25

伊沙点评： 真是令我振奋：几位西外诗人同时来到了个人创作生涯的新高点，从虎门到柬埔寨，谁会预想到是蒋涛最终拿下了总冠军？本诗便是缩影，他本来就是《新诗典》诗人出国行的急先锋（他并不是一个富人），他用本诗告诉你：我们为什么要出国。

数 0

图雅

江南诗会结束后
好几位诗人写到南京的
一个数
300000
每次我都像有强迫症似的
认真地数后面的 0
生怕有人少写了一个

2018/12/25

伊沙点评： 我在诗中写过的将诗人分成"大乘诗人"与"小乘诗人"的女诗人正是图雅，她自然属于前者。今天，她用本诗告诉你：办诗会也能办出一首好诗来，本诗便是她参与办《新诗典》江南诗会的最大收获。用最小的动静表现最大的爱憎，这便是优秀口语诗的高级之处。

仪式

二月蓝

黄昏

落日的地平线上

一棵树

正在击缶

2018/01/05

伊沙点评：估计又有人认为这是一首口语诗。在中国，由于晦涩诗假借朦胧诗之名合法化了，所以你只要意思写明白，语言写顺溜，他们都会认为是口语诗。这明明是一首庞德式正宗的纯意象诗，全诗由一个漂亮的意象构成，安心于营建精美意象的中国诗人，好像只剩一个二月蓝了。

老兵

蒋彩云

外公的战友
一生无儿女
抗美援朝时
一只手留在了朝鲜
外公去世的时候
他穿着一身黑衣
空荡荡的袖子
穿过人群
握住外公的手

伊沙点评：整整三年前，在《新诗典》诗人泰新马之旅中，当时还是在校大学生的蒋彩云几乎每首诗都能造成惊艳之感，此次柬埔寨之行，就没有这样的感觉了。女诗人的灵气就像女演员的青春，有一天会离你而去，失去了靠什么，还是要老老实实走诗之大道：阅历、体验、人文、思想……本诗的方向是对的。

河

姜二嫚

晚上
我拿手电筒
往河里照
半年前淹死的那个小孩
在水里写作业
他看见有光
就抬起头
冲我笑

2018/09/05

伊沙点评：跨年京津行，与小诗星有了更多相处，也就有了更多观察，发现她颇有几分像我之处：自带主持，爱张罗事，包打天下，天生领袖，天生我才，又不难看，居高临下，点评别人，不看脸色，易招妒恨……我在心中一声感叹：一个女娃家，如此一来就行路难了，但也有了大诗人的命！天机不可泄露，到此打住。

雪落在孔夫子的雕塑上

向宗平

忽然一个下雪天
呼啦啦的雪花
为孔夫子披了满身绒装

一个放学的孩童喊：
快来看了
快来看了
圣诞爷爷

2019/01/12 重庆

伊沙点评： 在不问出处中产生的团体成绩才是真实的，八年《新诗典》，三甲未出过北京、陕西、广东，除此之外，再别自称诗歌强省了。"新人"不问年龄，最多的名额被 60 后抢占，那历史造就的价值观奇特的一代人。这不，又来一位。趁着神州大地还有雪迹，再推荐一首雪诗，风花雪月永恒，但每个时代都有自己新鲜的情智理趣。

生死证明

莲心儿

社区发通知
一二级残疾人必须拿当天报纸
举在耳边拍张四寸照片
要把报纸的日期拍清楚

我因救人受伤在住院没报纸可看
医院附近也没报刊亭
只好转轮椅到三公里外的地铁站买到报纸

我把照片发给社区主任
她说
"看到了，还活着……你要感恩！"

2018/10/16 中康

伊沙点评：我通过左右得知：身有残疾的诗人非常厌恶别人称之为"残疾诗人"。我只想说：因为左右、莲心儿的存在，有关残疾人的诗歌题材被大大突破了，到达了一个前所未有的高度，就好像在这方面也能显出先锋诗人的存在，而先锋必归《新诗典》。像本诗，敢于直面现实的残酷、人性的冷漠，就是真先锋！

家庭作业

韦笳

班主任要全班小学生

回家做一根教鞭

明天交上来

交上来后

高老师问

"这是干什么用的？"

"打我们的"

回答整齐、直接

老师一时哽咽

叫来食堂师傅

抱走了教鞭

于是课堂上传出了

少有的掌声

伊沙点评： 走向退休的 60 后又在抢占"新人"名额——这一定是中国诗歌人口所占比例最大的一代人。本诗是口语诗（后口语），并且自带隐喻——隐喻是诗的天然属性，并非后天修辞，"拒绝隐喻"是第三代的笑话。

不要把耳朵掏得太空

云瓦

那天掏完耳朵后就听说

陶春霞死了

于敏死了

远房的表叔出车祸死了

昨天

一个刚毕业的学生告诉我

她查出了乳腺癌

妻子说

不要把耳朵掏得太空

否则

容易听到死神的呜咽

2019/01/20

伊沙点评： 这是中国当代诗歌史上一再证明的血的教训：滥写死亡者必遭其祸——有人认为这是语言的魔力所致，殊不知预言本来就是诗的古老属性。当然，诗无禁区，死亡不是不可以写，关键看你如何写，本诗所传达出的人生观是积极的、正能量的。

两只蚂蚁

陈学波

一只蚂蚁朝着自己的方向

走着自己的路

另一只蚂蚁

也一样朝着自己的方向

走着自己的路

绕过一棵大树

偶然地它们相遇了

阳光洒在头上

它们互相碰了碰触角

看了看对方

便分开了

还是朝着自己的方向

走着自己的路

两只蚂蚁

多像昨天和今天的

我和你

伊沙点评： 河北诗人不少，现代诗人少，有先锋性之现代诗人更少，在八年《新诗典》团体榜上位居下游，近两年来，这种状况有所改观。从昨天到今天，连续推出河北80后诗人，都出自邯郸。看本诗，也许是人爱看蚂蚁之故，蚂蚁的意象并不新鲜，我看重的是人生经验的贯注其中。对现代诗而言，个人人生经验是必不可少的。

前男友

金珍红

三个女生在酒吧点菜
其中一个菜名吸引我们眼球
于是异口同声地说
吃
服务员说这道菜烹饪时间长
问我们能等吗
我们三个不约而同地点了点头
等半天上菜了
我们默默地徒手撕开着吃
叫"手撕前男友"的菜
烤猪心

伊沙点评：这段时间诗友们都在转一位美国当红女诗人的诗《前男友》，我读罢不以为然，心想：没有我们中国女诗人写得好，指的就是本诗。我在讲课中说，我们经历了一个漫长地被人开眼的时代，现在也可以叫人开开眼了。蒋涛说金珍红是中国穿衣最得体的女诗人——这是一个很高的赞誉。

第十二辑　阿娃来到我们中间

我说以后生个女儿

就取名阿娃

蛮蛮立即反对

"阿娃不好

阿娃是个

苦命的女人"

——阿煜

放假那天

杭瑾

收拾好锅碗瓢盆

食堂的三个工人

脱掉工作服

换上高跟鞋

在学校操场边

一个蹲在中间

一个给她左边

头发编辫子

一个给她右边

头发编辫子

阳光照在她们头上

亮晶晶的梳子

伊沙点评： 在"长安诗歌节"上一场，已经向几位同人预报过：将推荐一首好的风景诗，甚至是典史上最好的风景诗，指的就是本诗，恍若一幅经典的油画或电影镜头。某种类型诗，新人的作品创下了最佳，可见在《新诗典》，在好诗面前，新旧作者平等，低高额诗人平等，推荐次数多，缺乏某方面的拔尖之作，倒是可疑的（要被宏观调控下来）。

预防措施

周芳如

听说今年最强的台风要来
风力达到十七级
破坏力会排山倒海般汹涌
各单位都在做预防措施
更多的人拥进超市采购食物
和饮用水

在长长的付款队伍中
一对十指相扣的小情侣排在我前面
他们买了几包速冻饺子和包子
还有好几桶方便面
男孩倒回来拿了两盒避孕套
递给女孩

2018/09/15

伊沙点评：人生不会永远是一个节奏。2013 年惠州诗会，周芳如开始转向，2018 年初上典，2019 年来到 2.0，她经历了一场完美的冒险——柬埔寨诗会，杀入三甲一次，看到自己的实力与潜力，整个系列赛也看到了自己的欠缺，今后的路应该会走得更顺。本诗便是她在这次跨国诗会中最好的一首，它的主题是"生命礼赞"，但是你看写得多巧多俏，典型后口语诗，像巴萨踢的球。

唏嘘

雪克

秋婵大妈是在乡道
被一辆破旧货车碾死的
下半身几乎凑不齐
她七岁的孙女
沿车辙
爬了一公里
边哭，边把奶奶沾血的衣服碎片
捡进铅笔盒

伊沙点评：半开玩笑半当真：雪克在我心目中的形象，是一个不会说普通话的妇联主任——专编女诗人的诗，也是大乘诗人。不会说普通话，口语诗照样写得转，可见口语诗不是什么普通话诗（此说属于老年痴呆级论断）。本诗写得苦，关键有细节、有事实的诗意。

大师

苇欢

看一本有关泰戈尔的书

说他三十至五十岁

这二十年间

饱受折磨

他的妻子

二女儿

父亲

和心爱的小儿子

相继离世

我却没在他的诗里

读到半点

天灾人祸的痕迹

伊沙点评： 国际妇女节，推荐一位女诗人的诗，向《新诗典》中所有的女诗人道一声：节日快乐！对本诗我反复读过多遍，读不出它是一首肯定的诗还是讽刺的诗。依我看来，诗中所写现象，更多是浪漫主义的局限性造成的……希望我的看法不影响大家看法，仁者见仁，智者见智。

幸运儿

马非

我注意到 24 年前

在克拉玛依大火中

有三个幸运儿

都是老师眼中的坏孩子

其中两个男孩子

没听"坐下来"的指挥

溜走得以保命

还有一个女孩

当天没有按规定穿校服

被老师打发回家

逃过一劫

伊沙点评：妇女节还未过去，龙已抬头；马非的生日晚宴还未开始，就上这道菜。祝贺他在自己四十八岁生日以强轮捍卫继续满额的殊荣，本诗所写事件永不能忘，要碎碎（岁岁）念，他提供了一个后口语的新版。作为大乘诗人——也就是大诗人，除了文本，他大手笔的贡献也不能不提——那就是《中国口语诗年鉴》2018年卷《口语诗：事实的诗意》的出版上市——这是当化诗歌史上划时代的事件。

墓地

姜馨贺

早晨

骑三轮车

出村子

路过

一片墓地

妹妹突然大喊

你好

墓地

2018/11/13

伊沙点评：与妹妹姜二嫚一起订的货，但不再放在先后推荐，是我把姜馨贺开始当作成人的信号。本诗多棒，这就是世界级的诗，难怪她的诗上了异国的公车。

阿娃来到我们中间

阿煜

诗人大九的女儿
叫大诗小诗
长得也好看
我和蛮蛮都很羡慕
我说以后生个女儿
就取名阿娃
蛮蛮立即反对
"阿娃不好
阿娃是个
苦命的女人"

伊沙点评： 不藏当代问题的诗，就不是当代诗——非口语诗的脚下已是被开除出当代诗的万丈深渊而不自知，跟口语诗一哭二闹三上吊，解决不了你们的存在危机。本诗藏着重要的问题，刘索拉说：美国孩子唱摇滚，是从做好一辈子受穷开始，中国孩子是从梦想一夜成名开始。做大诗人，你做好受苦、受难、受辱的准备了吗？

化疗的女人

盛兴

我们去化疗病房找她
里面全是光头
但还是准确地找到了她
别人的脑袋是白亮的
她的脑袋是乌青的
别人的头发是脱光的
她的头发是刮掉的
据说化疗好久
她的头发一根未少
为了和别人一样
她只好请人刮掉了
她的精神绝佳
皮肤更加有光泽
连目光呆滞这唯一缺陷也有了改善
两只大眼睛变得满盈盈水汪汪
我们问，你这是化疗吗？
她说，当然是
就是把药注进血管里杀死癌细胞

2018/11/11

伊沙点评： 我觉得盛兴基本上已经恢复到自己当年的水平，但是还不够，因为形势变了，环境变了，能写好诗的人可比当年多得多了。而且好诗的标准有变，譬如说，你喜欢在诗的后半首性情一下，过去是好，现在是坏，这就是前后口语诗的差异，所以不光要知己，还要知彼才行。

猕猴桃

袁源

有一次我去王健军办公室

看见他光秃秃的桌子上

摆着四个饱满的猕猴桃

我默默地咽了下口水

他默默地看着

我咽下了口水

好朋友就是这样

虽然他和我很熟

可猕猴桃还不熟

伊沙点评：袁源这次提供的小档案有意思，里面小结道："第三季入选三首，第四季入选一首，第五季入选三首，第六季入选一首，第七季入选三首，第八季通过勤奋写作打破三一律，入选三首。"——就是要如此跟自己较真，我也帮他较到底。袁源这轮是弱轮，本诗是踩着底线入典的，如何让自己的弱轮与强轮之间不那么明显？是袁源今后要努力的重点。

刚到进站口

邢昊

小外孙尿急
我赶忙从包里
拿出专门准备好的
纯净水空瓶子

没想到安检时
安检员非得
让我喝一口

伊沙点评： 20 世纪 60 年代，美国诗人首次喊出：我们要有一个强健的胃，消化水泥、石油啥的。我们晚了几十年，但是追赶的方向坚定。现如今，在后口语诗人笔下，安检口早已不是事儿，甚至成为大家竞诗的热平台，本诗的新意出自外公的身份，活出来的诗。

柬文的森林

高歌

柬埔寨女导游
不无自豪地说
被法国殖民过的
几个国家
只有我们柬埔寨
保留了自己的文字
还是有头有脚的
泰国字砍了头
老挝字剁了脚
越南字是在法文的
头上戴了花环

伊沙点评：我为什么貌似有点提前地破格决定将第三届亚洲诗人奖大奖授予 80 后诗人高歌？因为他是文体青年而不土；因为他并不富裕却是出国行的积极分子，这些都是与改革开放的时代精神，与锐意创新走向世界的《新诗典》精神相符的。本诗就是柬埔寨行的收获，很有文化含量。你去了，得来全不费功夫；不去，没有任何二手材料告诉你。

人来疯

张小云

这群两三岁的幼儿叽叽喳喳
令车上的叔叔阿姨们笑个不停
"安静！"
听到122路公交司机的吼声
幼儿们的劲头爆发了

我要飞得更高
我要摔得更惨
我要拉出菊花
我要放出巨无霸
我要唱翻十八个跟头
我要趴到你跟头上
我要拉出耳朵里的金箍棒
把你们都接去
大闹天宫

2018/01/20

伊沙点评：张小云是第三代诗人中少有的人格健全者，是能够正常交往的前口语诗人。谁说我有意抹杀前口语？本诗就是前口语——看其语言狂欢的第二段，但是他写得精致。粗制滥造的语言狂欢在今天已经不合时宜，不合现代诗的成熟阶段。

335

活佛

汉仔

那一天
殡仪馆工作人员
告诉我
瞧仔细了
尸体会突然弹坐起来

昨夜，我
又梦见我的父亲
在炉中打坐

2019/02/28

伊沙点评：我很少在推荐语中谈修改意见，既然推荐，文本当无修改之余地。但是本诗叫我忍不住要谈，因为牵扯到一个大问题：即口语诗人要不要向意象诗学习的问题。目前的写法，自然是口语思维，但是可以让尸体在炉中直接弹起来打坐并成为父亲，不是你梦见，而是你看见——就是意象诗思维，从这一首所表现的内容上看，显然是更好的选择。

风箱

曲有源

风借用箱
体才算
有了
呼
吸
而一
生的追
求是不断
加快最
后成
为
死
灰的速度

伊沙点评： 东亚黄种人——不，日、韩除外，就是中国人，甚至就是大陆人，在写作上不扛老，一老即衰，一老即完。谁能想到：在40后这一代（这可是食指、北岛的一代人啊），至今还保持日常写作者，目前只剩下曲有源一个人了。十五年前，他是我创造减肥奇迹的师傅；十五年后，他是我和《新诗典》有志诗人的榜样。我相信只有提前做好准备的人，才能活到老、写到老、好到老！

身份

查文瑾

那些

冷冰冰的安检员

和冷冰冰的安检仪器一样

从来不关心

你的才华几斤

思想几两

喝过几瓶墨水

是用口语写诗还是官语写诗

是评委还是选手

不关心你作为人民的一员

幸福几多

心酸几何

房贷还有几万

不关心你的心是锈迹斑斑

还是千疮百孔

只关心你是不是危险品

是否携带危险品

2019/01/03

伊沙点评: 本诗属于力作型,理性色彩较重,如果是男诗人写的,我会认为是缺点,事实上是女诗人所为,我则认为是优点,因为女性往往是感性大于理性。女诗人单篇诗作好则好矣,状态容易起伏,也是这个因素。就现代诗而言,宁夏环境并不好,那就只有靠自身的努力了。

父母爱情

陈放平

在村校念初中时
同凳同桌
（这成为现在
人们常提的佳话）
后经媒人介绍
组成家庭
在我记忆中
父亲送过母亲
三样礼物
一双皮鞋
一件羽绒服
那年修新房时
父亲特意嘱咐师傅
按母亲的身高
打灶

2019

伊沙点评： 结尾的细节厉害！任何一代人，不论他们多么年轻，经历的时代多么平淡无奇，都不是你逃避历史的理由，你的父母就是历史。一个年轻的诗人能走多远，看看他（她）关注什么就知道了。

致寒潮中死去的人们

瑠歌

潮湿的风扑在脸上
树还是光秃秃的
慢跑的人朝天边望去
一抹粉红
几艘帆船浮在海面

冬日里最温暖的一天
梦里下起灰色的雨

伊沙点评：瑠歌第一首推荐诗是口语诗，第二首是正宗的庞德式的意象诗——在创作的早期，尝试一下多种形式，语言上较有弹性，这是好事。他现在美国留学，我为什么是下一代留学的坚定支持者？比方说本诗，为寒潮中死去的人们而写，这是人类的文明课，在海那边会上得更好。

自由一种

王立君

太可怜了
我们大笑着说
那条院子里拴着的狗
早上给放开了
它竟然只能欢喜地原地踏步
似乎脖子上勒的那条绳子
一直还在

伊沙点评： 人类，不论整体，还是个人，其自私性都是合法的，得以保障的，人类对所有低等动物属性的认知与利用，无不体现在这一点。譬如本诗，人将狗拟人化了，发现了它的可笑可悲可叹之处，继而写出，来为人类文明服务，狗再冤，也只能如此。

养老院

赵克强

养老院里

一个护工要管七八个老人

有时候忙不过来

给老人洗澡

就让老人光溜溜站成一排

自己打香皂

自己搓

然后他拿起水管子

挨个儿冲一下就完事

……

从养老院退休的亲戚劝我

二天老了

牛不动了

千万不要去养老院

造孽啊

2019/01/14

伊沙点评：一季满额 3.0，赵克强堪称第八季表现最好的"新人"。《新诗典》就是这样：来得晚也有表现的空间，来得早也不能睡大觉。但是我也想提醒他一下：其诗看起来没有听起来好，说明文字还有不扎实的地方。

人的一生

张心馨

就是把手慢慢展开
从石头到布
花了很多很多年

2018/10

伊沙点评： 面对本诗，完全就是一门编辑课：甭管其作者是男是女，是老是少，你说你选不选？所有未选的，你以后就别做编辑了，没资格。00 后是本典特有的现象之一，曾经也有人试图拿出另一套阵容跟我们较量一番，很快便"灰飞烟灭"了，其实这一代人能拔出来的就是这几个孩子，所幸被我火眼金睛看中了。

343

中国妈妈

普元

这么多年过去了
至今
每当有人问起
有几个孩子
她总是把被迫
给打掉的
老二
老三
老四
都算进去

2018/08/17

伊沙点评：虽说位居儒教圈的中国人，不像老基督教圈的人那样把胎儿也视作生命从而禁止堕胎，还是觉得生命是从呱呱坠地算起；但在习惯上，确如本诗所写，不光中国妈妈，还有中国爸爸，都是如此。这是有爱的表达，甚至是诗意的。

知己知彼

冈居木

春节将至
我去火车站等车
走进一家饭馆
想小坐一会儿
老板过来问我吃饭吗？
我说不吃
坐一会儿就走
他说对不起了
不吃饭是不能坐的
你去对面那家吧
那儿随便坐
而且还会供你水喝
我抬头一看——
"麦当劳"

2018/02/15

生

苏不归

在燕子山
参观完
亚美尼亚种族灭绝纪念馆
正欲下山
迎来一对新婚夫妇
着婚纱婚服
笑容闪亮地
走向永恒之火

伊沙点评： 不论是作为《新诗典》主持人，还是中国口语诗的中兴者，我都希望苏不归这种出国独行侠式的急先锋多一点。如此一来，《新诗典》的版图就会更大，口语诗的成就就会更高，独行侠往往会填补一些冷门国家，譬如本诗写到的亚美尼亚。但是独行的缺点需要自己避免，譬如缺乏同行间的交流与碰撞，那就得靠自己知识的储备与思想的质量了，金斯堡"写你看到的，别写你想到的"深入口语诗人之心。有人知其一，不知其二：没想过，也看不到。

法官之梦

东岳

作为一名法官

与常人之梦

不同的一点

经常在梦中办案

千奇百怪的案件

时有发生

昨日梦到审判

一名长发女子

盗窃了一千吨

新鲜空气

从一家大型超市的

仓库里

伊沙点评： 最近接连读了三篇 20 世纪 90 年代初在西安各大学就读的与我有交集的那批校园诗人的回忆文章，感受比较复杂，一方面为有诗激荡的青春而感奋，一方面还是觉得这批人的成才率太低（很不应该）。幸存者中最稳定、最专业的两个是写后口语诗的马非和东岳——这与诗歌道路有关系吗？还与什么相关？让我们都来思考一下。本诗有新意，属于东岳的强轮。

给孩子办出生证

江湖海

登记簿递过来

我看到

前头已有一大串领证的

婴儿名字

袁圆圆陈思源张大力吴若兰李婷

通俗顺口好记

我一笔一画写下孩子的姓名

刘棫树

办事员看后递给另一位

然后问

中间那个字怎么读

我说读玉

和芝兰玉树与玉树临风

的玉同音

诗经大雅中芃芃棫朴的棫

办事员说哦

我查查在不在姓名用字表中

不在就得换

我说我也想取刘强刘小强之类

可亲友中

已经不少于二十个

言谈中

办事员一声有了

我们同时

舒了一口长气

伊沙点评： 昨天说，东岳赶上了他的强轮，我也想指出：江湖海赶上了他的弱轮。本诗弱在哪里？题材很新，文化性很强，弱在"事实的诗意"不够。我想与他这一阶段"上有老，下有小"的忙碌有关，生活就是如此：有多少福气，就有多少付出，男子汉就是要扛住。

最后的拍卖会

游若昕

未来的某个世纪

未来的某一天

奄奄一息的地球上

举行着一场拍卖会

数十个存活下来的富翁

穿着抗辐射服

戴着防毒面具

在一间人造氧气房里

参加最后的拍卖会

第一件拍卖品是

一瓶透明的液体

不称之为"水"

是因为那个词

离人类太遥远了

第二件拍卖品

是一株曾被人

践踏的野草

唯一残存的绿色

第三件拍卖品

是一瓶无污染的

原装空气

那些富翁疯了似的

上台去抢那瓶空气

瓶子掉到地上

碎了
仅存的一点空气
化为虚无

2018/10/07

伊沙点评： 我说过：游若昕是00后诗人中的先驱者——这话马上又被后来者证明了。跨年京津行中，我发现她已不追求炫（于诗内外），已不利用未成年人在诗上的某些天然优势，貌似自觉地开始像大人那样写，照样写得好。她又走在同代人前面了，提前跨入成年写作，本诗便是明证。我完全不必告诉你，作者只有十三岁。

诗歌节

尚仲敏

昨天喝多了
今天很不舒服
刚才又喝了几杯
感觉好多了

诗歌节来了很多名人
我敢说
这里面有一些人
可能会死于烟酒
但不会死于作诗

伊沙点评： 毫无疑问这是首好诗，一首有立场有态度有脾气的好诗，甚至超过了作者早年最好的诗，譬如老《诗典》推荐过的《祖国》。但是在选定到推出本诗的半月之中，我又读到了作者一首明目张胆公然敢在大是大非问题上油嘴滑舌的坏诗，所以我真不知道下一次读到的是作者的好诗还是坏诗？这就是我心目中典型的第三代诗人：缺乏统一、稳定、成熟的诗人形象。

如果你要找我

西娃

不要打扰我，看到我
也别惊诧，众多精油瓶子
音乐和书籍中间
我盘腿而坐，像个枯魂
为一个癫痫病小孩
配置可能的方子

2018/08/05

伊沙点评： 一本诗选，首尾尤其须更强，作为编选家，这个常识我当然懂，所以我将最后一次选稿中的四强排在四月头四天推荐，为典八压轴！本诗在其之列，是一首优秀的诗，但又暴露了西娃写作存在的问题，记得初读时我心说：又把家当端出来！什么是西娃的家当？宗教、精油，抒情时发个狠。恕我直言：这样的写作境界不高，就像有实物表演。说穿了还是平常心＋日常写作这两关没过。

最好的悼词

游连斌

二〇一九年二月十四日下午
母亲因车祸
去世
女儿说
奶奶去天堂
跟爷爷过情人节了

2019/02/25

伊沙点评： 本典第八季最佳
诗作产生于倒数第二天，由
"NPC 李白诗歌奖"获得者
提供，尚在情理之中，只
是代价太大了，这便是写作
的残酷。以后再也别叫老游
"天才他爸"了，他守护着
《新诗典》的一点一滴一草
一木，把自己熬成了实力诗
人，是 70 后起的优秀诗
人的代表。

欠

伊沙

我在看一部

表现非洲

血吸虫灾的

美国电影时

（他们歌颂志愿者）

才想起

我和所有中国诗人

欠我们

伟大的同胞

屠呦呦女士

一首赞美诗

她研发的青蒿素

在非洲

救了一百万条命

但是没有人

把她叫一声

圣女

伊沙点评： 在过去三个月中，有一次出国，去的是柬埔寨，我最好的诗一定在那一大组中——正是因为形成了这样一种思维定式，我怕以后求好诗、求尖作，会形成对出国的依赖，所以我要跟自己较一下真，结果选出了本诗。事实上我很少写赞美诗，那么就是它了——借此，对《新世纪诗典》与以往不同的战斗的第八季，说一声再见！

附录一 《新世纪诗典》 第八季推荐表

日期	篇目	作者（所在地）

2018 年

日期	篇目	作者（所在地）
4 月 5 日	《惦记》	马非（青海）
4 月 6 月	《我的朋友小钟》	左右（陕西）
4 月 7 日	《看见绿》	黄海兮（陕西）
4 月 8 日	《临摹》	戴潍娜（北京）
4 月 9 日	《无题》	李勋阳（云南）
4 月 10 日	《我见过多次的情景》	朱剑（陕西）
4 月 11 日	《乞丐》	笨笨 .S.K（陕西）
4 月 12 日	《偶遇》	郭莉莉（陕西）
4 月 13 日	《沦陷》	吻章（云南）
4 月 14 日	《本分》	张红伟（陕西）
4 月 15 日	《玫瑰有刺》	杨宪华（山东）
4 月 16 日	《留点柴给山神》	发星（四川）
4 月 17 日	《是什么在阻碍着写作》	丁燕（广东）
4 月 18 日	《鞋盒》	李荼（北京）
4 月 19 日	《学来的本领》	杨渡（浙江）
4 月 20 日	《饶恕》	铁心（山东）
4 月 21 日	《冬日速写》	双子（北京）
4 月 22 日	《雪后校园》	起子（浙江）
4 月 23 日	《瞎混去吧》	闫永敏（天津）
4 月 24 日	《狗粮》	马金山（广东）
4 月 25 日	《人生之战》	张文康（北京）
4 月 26 日	《清明时节》	孙圣国（安徽）
4 月 27 日	《野草》	刘春潮（广东）
4 月 28 日	《效果》	寒玉（山东）
4 月 29 日	《人》	海菁（广东）
4 月 30 日	《啪啪啪》	陈默实（四川）
5 月 1 日	《鸣沙山》	刘强（四川）
5 月 2 日	《那个人》	蒋雪峰（四川）
5 月 3 日	《简单的爱》	桑格尔（四川）
5 月 4 日	《地震已成为生活的一部分》	龚志坚（四川）
5 月 5 日	《在当涂李白墓园祭拜李白》	蒲永见（四川）

5月6日	《尾巴》	李倩雯（四川）
5月7日	《度》	凡羊（四川）
5月8日	《尘埃落定》	李宏伟（北京）
5月9日	《家事》	西娃（北京）
5月10日	《听雪峰谈起一个著名的知识分子诗人》	君儿（天津）
5月11日	《马博物馆》	庞琼珍（天津）
5月12日	《彩礼》	摆丢（上海）
5月13日	《敬烟》	夏茜（云南）
5月14日	《国家地理》	阿毛（湖北）
5月15日	《感应》	独禽（甘肃）
5月16日	《伤口》	李文俊（内蒙古）
5月17日	《我们仍奔跑在父亲的期望中》	释然（山东）
5月18日	《两个女同事》	柏君（河北）
5月19日	《礼物》	吾桐紫（福建）
5月20日	《拔罐》	庄生（广东）
5月21日	《豪猪》	里所（北京）
5月22日	《严肃的一刻》	艾蒿（重庆）
5月23日	《无题》	蛮蛮（陕西）
5月24日	《我得罪过一个人》	绿夭（湖北）
5月26日	《骆驼也有国籍》	詹戏（四川）
5月27日	《父与子》	大友（江苏）
5月28日	《她》	三四（北京）
5月29日	《旧西装》	周鸣（浙江）
5月30日	《童年记事》	岳上风（山东）
5月31日	《幸福是什么》	冈居木（山东）
6月1日	《活着》	姜二嫚（广东）
6月2日	《监控》	游若昕（福建）
6月3日	《如果》	江睿（重庆）
6月4日	《和妹妹睡在一起》	姜馨贺（广东）
6月5日	《祭日狂欢》	沈浩波（北京）
6月6日	《谁说达摩面壁无聊》	轩辕轼轲（山东）
6月7日	《现象》	苇欢（广东）
6月8日	《爱情故事》	梅花驿（河南）
6月9日	《吃饺子》	张明宇（山西）

6 月 10 日　《在看守处》　　　　　　　　　杜思尚（北京）

6 月 11 日　《稻草人》　　　　　　　　　　曲有源（吉林）

6 月 12 日　《1976》　　　　　　　　　　　王清让（河南）

6 月 13 日　《压力》　　　　　　　　　　　普元（广东）

6 月 14 日　《痛苦的观众》　　　　　　　　周芳如（广东）

6 月 15 日　《沉寂的花园》　　　　　　　　二月蓝（重庆）

6 月 16 日　《在李白纪念馆》　　　　　　　杨艳（福建）

6 月 18 日　《世界杯》　　　　　　　　　　徐江（天津）

6 月 19 日　《第一件羽绒服》　　　　　　　水央（美国）

6 月 20 日　《那些过早死去的孩子》　　　　南人（北京）

6 月 21 日　《垃圾如山》　　　　　　　　　盛兴（山东）

6 月 22 日　《还工》　　　　　　　　　　　游连斌（福建）

6 月 23 日　《亲和力》　　　　　　　　　　大九（内蒙古）

6 月 24 日　《位置》　　　　　　　　　　　居次（陕西）

6 月 25 日　《计算题》　　　　　　　　　　吴冕（陕西）

6 月 26 日　《天桥上》　　　　　　　　　　李海泉（陕西）

6 月 27 日　《为马铃薯写一首诗》　　　　　阿煜（陕西）

6 月 28 日　《小镇祸害》　　　　　　　　　刘斌（陕西）

6 月 29 日　《团圆日》　　　　　　　　　　王有尾（陕西）

6 月 30 日　《医院最好看的女人》　　　　　西毒何殇（陕西）

7 月 1 日　《讲台》　　　　　　　　　　　唐欣（北京）

7 月 2 日　《外星人》　　　　　　　　　　王紫伊（江苏）

7 月 3 日　《午后》　　　　　　　　　　　辛刚（甘肃）

7 月 4 日　《贪官》　　　　　　　　　　　韩德星（浙江）

7 月 5 日　《对患者甲治疗过程中的描述》　朵儿（河北）

7 月 6 日　《遗产》　　　　　　　　　　　简明（河北）

7 月 7 日　《母亲的嘱托》　　　　　　　　潘洗尘（云南）

7 月 8 日　《拒绝总统》　　　　　　　　　胡锵（江西）

7 月 9 日　《无题》　　　　　　　　　　　刘德稳（云南）

7 月 10 日　《母亲节》　　　　　　　　　　了乏（浙江）

7 月 11 日　《人马》　　　　　　　　　　　周瑟瑟（北京）

7 月 12 日　《牲礼》　　　　　　　　　　　张小云（北京）

7 月 13 日　《中国黑人》　　　　　　　　　叶臻（安徽）

7 月 14 日　《评奖》　　　　　　　　　　　赵立宏（山西）

7月15日 《日本签证》 湘莲子（广东）

7月16日 《夏天》 王奕然（陕西）

7月17日 《小麻雀》 段昱昱（陕西）

7月18日 《朝鲜冷面》 金珍红（吉林）

7月19日 《药方》 笨笨（甘肃）

7月20日 《盛夏》 石蛋蛋（北京）

7月21日 《理发》 东森林（江苏）

7月22日 《比我慢》 王翚（山东）

7月23日 《曼娜》 宗月（上海）

7月24日 《后路》 风雅颂（浙江）

7月25日 《年关》 原音（江苏）

7月26日 《铜钥匙》 张心馨（山西）

7月27日 《无题》 吴野（上海）

7月28日 《自由岛》 星尘小子（海南）

7月29日 《少先队员》 乌城（北京）

7月30日 《推理》 袁源（陕西）

7月31日 《在县医院尿检窗口》 韩敬源（云南）

8月1日 《吃灯泡》 侯马（北京）

8月2日 《东京面条》 江湖海（广东）

8月3日 《王牌特工》 蒋涛（北京）

8月4日 《抢号》 图雅（天津）

8月5日 《佛国》 宋壮壮（北京）

8月6日 《老司机》 易小倩（北京）

8月7日 《又不是比惨》 高歌（山东）

8月8日 《捐款》 罗官员（云南）

8月9日 《我笑着笑着不笑了》 东岳（山东）

8月10日 《追问》 人面鱼（云南）

8月11日 《用这首诗致敬孤独者》 襄晨（湖北）

8月12日 《家有喜事》 茗芝（广东）

8月13日 《他还是很熟悉那个称谓》 平林新月（海南）

8月14日 《悲伤》 敏敏（广西）

8月15日 《改造》 赵克强（四川）

8月16日 《高度》 倮倮（广东）

8月17日 《一个人看电影》 魏晓鸥（陕西）

8 月 18 日　《三只黑天鹅》　　　　　　　　　张后（北京）

8 月 19 日　《外地》　　　　　　　　　　　欧阳子鉴（江西）

8 月 20 日　《注意事项》　　　　　　　　　冯桢炯（美国）

8 月 21 日　《谁又有资格要求谁民风淳朴》　王林燕（新疆）

8 月 22 日　《一条大河》　　　　　　　　　代光磊（河北）

8 月 23 日　《头等人》　　　　　　　　　　曾涵（内蒙古）

8 月 24 日　《监视》　　　　　　　　　　　无用（陕西）

8 月 25 日　《吃牛头》　　　　　　　　　　刘一君（北京）

8 月 26 日　《人生旅途》　　　　　　　　　张甫秋（天津）

8 月 27 日　《就像在午睡后的幼儿园里》　　李伟（天津）

8 月 28 日　《算命》　　　　　　　　　　　严力（美国）

8 月 29 日　《无题》　　　　　　　　　　　吴雨伦（北京）

8 月 30 日　《梦见马克思》　　　　　　　　维马丁（奥地利）

8 月 31 日　《求索》　　　　　　　　　　　伊沙（陕西）

9 月 1 日　《七夕》　　　　　　　　　　　沈浩波（北京）

9 月 2 日　《地球柳》　　　　　　　　　　君儿（天津）

9 月 3 日　《血吸虫病》　　　　　　　　　朱剑（陕西）

9 月 4 日　《生于斯》　　　　　　　　　　艾蒿（重庆）

9 月 5 日　《5.20 相亲会》　　　　　　　　闫永敏（天津）

9 月 6 日　《神》　　　　　　　　　　　　双子（北京）

9 月 7 日　《哑巴》　　　　　　　　　　　蒋彩云（广西）

9 月 8 日　《吹南风》　　　　　　　　　　李柳扬（北京）

9 月 9 日　《雁荡山之行》　　　　　　　　杨渡（浙江）

9 月 10 日　《今日大雪》　　　　　　　　　朱广录（陕西）

9 月 11 日　《八爪龙》　　　　　　　　　　唐宜钟（陕西）

9 月 12 日　《夜》　　　　　　　　　　　　小龙女（内蒙古）

9 月 13 日　《雪》　　　　　　　　　　　　朱松杰（上海）

9 月 14 日　《风俗》　　　　　　　　　　　白水泉（天津）

9 月 15 日　《尼亚加拉瀑布》　　　　　　　里所（北京）

9 月 16 日　《悟空》　　　　　　　　　　　张文康（北京）

9 月 17 日　《打赌》　　　　　　　　　　　海菁（广东）

9 月 18 日　《无题》　　　　　　　　　　　笨笨 .S.K（陕西）

9 月 19 日　《足疗》　　　　　　　　　　　摆丢（上海）

　9 月 20 日　《教育》　　　　　　　　　　　马金山（广东）

10月26日 《赞美诗》 李海泉（陕西）

10月27日 《默契》 不全（陕西）

10月28日 《在自然博物馆》 陆福祥（广西）

10月29日 《乡音》 口哨（山东）

10月30日 《新娘袄》 禾火（陕西）

10月31日 《领头人》 宁清妍（广东）

11月1日 《夜景》 徐江（天津）

11月2日 《病房记事——献给中国第一个医师节》 湘莲子（广东）

11月3日 《看书法》 图雅（天津）

11月4日 《妇产科》 李岩（陕西）

11月6日 《还是没有灵魂的好》 大友（江苏）

11月8日 《一个人》 吉狄兆林（四川）

11月9日 《无题》 蔡喜印（湖北）

11月10日 《留洋》 瑠歌（美国）

11月11日 《老狗》 许烟华（山东）

11月12日 《十字架》 庄生（广东）

11月13日 《骗子》 易小倩（北京）

11月14日 《曼妞》 唐突（湖北）

11月15日 《窗外》 黄海兮（陕西）

11月16日 《文学课》 唐欣（北京）

11月17日 《南京大屠杀纪念馆》 江湖海（广东）

11月18日 《牙医的金鱼》 袁源（陕西）

11月19日 《故乡》 芦哲峰（辽宁）

11月20日 《我为什么喜欢口语诗人》 黄开兵（广西）

11月21日 《无题》 原音（江苏）

11月22日 《撕纸游戏》 刘畅（江苏）

11月23日 《春晓》 水央（美国）

11月24日 《权势》 王紫伊（江苏）

11月25日 《地球仪》 张敬成（河南）

11月26日 《放工后与两岁的儿子视频》 卿荣波（陕西）

11月27日 《月亮升起》 王允（陕西）

11月28日 《无地自容》 张翼（广东）

11月29日 《火车上的小姐姐》 张子威（安徽）

11月30日 《相拥而死》 薛淡淡（陕西）

12 月 1 日	《天问》	刘天雨（陕西）
12 月 2 日	《秃顶的原因》	人面鱼（云南）
12 月 3 日	《生命的奇迹》	马非（陕西）
12 月 4 日	《自传》	二月蓝（重庆）
12 月 5 日	《挖坟》	洪君植（美国）
12 月 6 日	《死有葬身之地》	刘傲夫（北京）
12 月 7 日	《玉兰花》	梅花驿（河南）
12 月 8 日	《庆生》	苇欢（广东）
12 月 9 日	《油炸公交车》	蒋涛（北京）
12 月 10 日	《一会儿的定义》	江睿（重庆）
12 月 11 日	《良方》	李不开（广西）
12 月 12 日	《爸爸与伊沙》	紫花地丁（河南）
12 月 13 日	《喷子》	晏非（山西）
12 月 14 日	《火焰》	农二哥（贵州）
12 月 15 日	《医院自助挂号机》	冰雪梅（山东）
12 月 16 日	《请感谢那个微笑着向你扔石头的人》	陈卡凡（甘肃）
12 月 17 日	《退休金》	周鱼（北京）
12 月 18 日	《危桥》	萧傲剑（河南）
12 月 19 日	《终于知道什么叫号啕大哭了》	王小川（贵州）
12 月 20 日	《我告诉你什么叫穷凶极恶》	赵克强（四川）
12 月 21 日	《雕像的命运》	柏君（河北）
12 月 22 日	《他也算过节了》	王清让（河南）
12 月 23 日	《日记》	叶子（陕西）
12 月 24 日	《秃顶记》	周鸣（浙江）
12 月 25 日	《瞬间》	春树（德国）
12 月 26 日	《捡回来的诗》	游若昕（福建）
12 月 27 日	《物种起源》	吴雨伦（北京）
12 月 28 日	《你们离婚后又一起睡过吗》	高歌（山东）
12 月 29 日	《他们不写诗尤其口语诗，可惜了》	游连斌（福建）
12 月 30 日	《斜视》	西娃（北京）
12 月 31 日	《南京大屠杀遇难同胞纪念馆》	伊沙（陕西）

2019 年

| 1 月 1 日 | 《某种诗》 | 侯马（北京） |

2月5日　《为昏迷中的老朋友祈祷》　　　　徐江（天津）

2月6日　《既然一个都不少》　　　　　　王有尾（陕西）

2月7日　《价值导向》　　　　　　　　　西毒何殇（陕西）

2月8日　《父亲》　　　　　　　　　　　易小倩（北京）

2月9日　《老板娘早餐店》　　　　　　　杨渡（浙江）

2月10日　《乳》　　　　　　　　　　　全京业（吉林）

2月11日　《打嗝》　　　　　　　　　　海菁（广东）

2月12日　《母亲的姓名》　　　　　　　摆丢（上海）

2月13日　《怀抱理想的年轻人》　　　　唐欣（北京）

2月14日　《我不知道下次该回答什么》　李海泉（陕西）

2月15日　《雪人》　　　　　　　　　　宋壮壮（北京）

2月16日　《经历》　　　　　　　　　　邢非（天津）

2月17日　《在柬埔寨》　　　　　　　　湘莲子（广东）

2月18日　《勋章》　　　　　　　　　　康蚂（天津）

2月19日　《烤猪在一条朝南走的狗的心脏里哭》　李昇（海南）

2月20日　《照相》　　　　　　　　　　蒋涛（北京）

2月21日　《数0》　　　　　　　　　　图雅（天津）

2月22日　《仪式》　　　　　　　　　　二月蓝（重庆）

2月23日　《老兵》　　　　　　　　　　蒋彩云（广西）

2月24日　《河》　　　　　　　　　　　姜二嫚（广东）

2月25日　《雪落在孔夫子的雕塑上》　　向宗平（重庆）

2月26日　《配种把式》　　　　　　　　车俊（甘肃）

2月27日　《佛先生》　　　　　　　　　安小吉（广西）

2月28日　《生死证明》　　　　　　　　莲心儿（北京）

3月1日　《家庭作业》　　　　　　　　韦笳（安徽）

3月2日　《不要把耳朵掏得太空》　　　云瓦（河北）

3月3日　《两只蚂蚁》　　　　　　　　陈学波（河北）

3月4日　《前男友》　　　　　　　　　金珍红（吉林）

3月5日　《放假那天》　　　　　　　　杭瑾（重庆）

3月6日　《预防措施》　　　　　　　　周芳如（广东）

3月7日　《唏嘘》　　　　　　　　　　雪克（广东）

3月8日　《大师》　　　　　　　　　　苇欢（广东）

3月9日　《幸运儿》　　　　　　　　　马非（青海）

3月10日　《墓地》　　　　　　　　　姜馨贺（广东）

3月11日	《阿娃来到我们中间》	阿煜（陕西）
3月12日	《化疗的女人》	盛兴（山东）
3月13日	《猕猴桃》	袁源（陕西）
3月14日	《刚到进站口》	邢昊（山西）
3月15日	《柬文的森林》	高歌（山东）
3月16日	《人来疯》	张小云（北京）
3月17日	《活佛》	汉仔（福建）
3月18日	《风箱》	曲有源（吉林）
3月19日	《身份》	查文瑾（宁夏）
3月20日	《父母爱情》	陈放平（重庆）
3月21日	《致寒潮中死去的人们》	瑠歌（美国）
3月22日	《自由一种》	王立君（天津）
3月23日	《养老院》	赵克强（四川）
3月24日	《人的一生》	张心馨（山西）
3月25日	《中国妈妈》	普元（广东）
3月26日	《知己知彼》	冈居木（山东）
3月27日	《地瓜记》	赵思运（浙江）
3月28日	《生》	苏不归（上海）
3月29日	《法官之梦》	东岳（山东）
3月30日	《给孩子办出生证》	江湖海（广东）
3月31日	《最后的拍卖会》	游若昕（福建）
4月1日	《诗歌节》	尚仲敏（四川）
4月2日	《如果你要找我》	西娃（北京）
4月3日	《最好的悼词》	游连斌（福建）
4月4日	《欠》	伊沙（陕西）

附录二 《新世纪诗典》第八届年度（2018）大奖与荣誉

一、《新世纪诗典》2018 年度大奖——第八届"NPC 李白诗歌奖"

成就奖：沈浩波

金诗奖：江湖海

银诗奖：湘莲子

铜诗奖：吴雨伦

特别奖：唐突

评论奖：韩敬源

翻译奖：苇欢

推荐奖：里所

文化奖：艾蒿

入围奖：左右、茗芝、普元、叶臻

二、《新世纪诗典》第八届年度（2018）荣誉——"中国十大诗歌省区"

陕西、北京、广东、山东、天津、云南、四川、江苏、重庆、福建

三、《新世纪诗典》2018 年度"中国十大魅力诗人"

江湖海、茗芝、海菁、苇欢、左右、朱剑、庞琼珍、马非、君儿、伊沙

附录三　第八届『NPC 李白诗歌奖』授奖辞与受奖辞

《新世纪诗典》2018 年度大奖
——第八届"NPC 李白诗歌奖"授奖辞与受奖辞

沈浩波授奖辞：

他是一个人物，诗歌史上的大人物，当这种人物出现时，诗歌史要被改写——这是我十九年前在一篇文章中写下的预言，如今成真。他说：要再造诗坛——如今，这个再造的诗坛就在眼前——当然是一个更好的诗坛。有些诗人，优秀但不重要，他优秀而又重要。仅以文本论，他也是 70 后以降成就最高的诗人。特授予《新世纪诗典》2018 年度大奖——第八届"NPC 李白诗歌奖"成就奖。

沈浩波受奖词：

感谢《新世纪诗典》，感谢主持人伊沙，感谢中国好诗发生平台和中国出色的诗人在我四十二岁这一年授予我这一最高的荣誉——第八届"NPC 李白诗歌奖"成就奖。在我之前的获奖者，年龄都比我大很多，按诗坛辈分，都是要长我两辈到三辈甚至更多的第三代和朦胧诗时代的诗歌英雄，所以这个奖今年发给我，其肯定之重、期待之切、压力之大，我都感受到了。对我自己来说，当然更愿意晚个二三十年再来领取成就奖，这绝非谦虚，而是属于我的诗歌之路仍然迢遥漫长，我不知道未来会写成怎样，无法勾勒未来沉淀在时间之中的我的样子。我其实一直都很拒绝把我的样子早早画出来，画清楚，我想让时间去雕琢一颗始终动荡着的灵魂。我甚至觉得，我才刚刚进入人生的迷茫之境，古人说"四十不惑"，这话放到今天已显得可笑，未过四十，未进入真正的生活和生命的深水区，未遇到真正严峻的生命拷问，有什么资格谈论迷茫？释迦牟尼在菩提树下坐了多少年才从迷茫中解脱啊！诗人的追求，不为开悟，不为解脱，而是为了在生命的过程中奋勇前行，让心灵始终饱满、清澈、生动、敏锐。无论如何，我都希望成为这样一种诗人：真实、丰富、锐利、深刻，具备真正高贵的平民精神。

江湖海授奖辞：

他有一种狠劲儿，一种在写作上恶狠狠的劲头。80年代全民诗人＋90年代集体下海，新世纪诗歌回暖燕归来，成为一种诗坛现象，在所有归来诗人中，他采用的办法是最笨的，也是最聪明的，就是多写猛写狠狠写。别人在讨还荣誉和待遇，他在讨还时间与作品，如今他可以说，写作中断造成的损失已经得到了最大的弥补。特授予《新世纪诗典》2018年度大奖——第八届"NPC李白诗歌奖·金诗奖"。

江湖海受奖词：

老人入睡。我把自己支在老人的病床边，写"NPC李白诗歌奖"受奖词。耳畔反复响起伊沙的诗：你扛起了生活，也就扛起了真诗。这是近来我第三次到广州的医院陪护我的至亲长辈。每当心力交瘁，伊沙的诗句就会跑出来，给我支撑。我深信好诗给人滋养和力量，亦如坚信伊沙诗品人品，无人出其右。相识八年，感受伊沙的天纵诗才与磊落人格，见证伊沙一点一滴造就《新诗典》的浩瀚传奇。我必须再次说出我说过多次的话：幸亏有伊沙！是的，我这八年，是长诗的八年，重塑自己的八年。感谢伊沙！感谢无与伦比的新诗典大学！

湘莲子授奖辞：

她是一项实验，她本来就是医生，将自己放进实验室里，完成了一项在中国非常必要的实验：从古诗开始，到现代诗，现代诗又分为抒情诗和口语诗，全都充分地写一遍，她的实验报告所下的结论是：这是生命被渐次打开的过程——发展中的中国诗歌需要这个结论（结论中蕴藏着方向），需要这项难能可贵的实验。特授予《新世纪诗典》2018 年度大奖——第八届"NPC 李白诗歌奖·银诗奖"。

湘莲子受奖辞：

感恩我卑微的母亲！她不仅给了我生命，还在我十八岁那天送我一本《雪莱诗选》；感恩湘江上一座叫"东洲"的小岛！感恩那岛上的疗养院、那些废弃的体温单、病历纸，那些垃圾堆里的诗；感恩我失败的婚姻！它非但没有让我沦为"怨妇"，反而助我成为一名好诗人、专业的好心理咨询师；感恩我的女儿！她让我认识了一个叫伊沙的诗人；感恩伟大的"让蚂蚁也有了扩音器"的互联网！五感恩，就是我的五福临门！但最后，我还要加上：感恩诗歌，它让我平稳度过了更年期！

吴雨伦授奖辞：

他是一个宠儿，家庭的宠儿、诗歌的宠儿，写诗对他来说有点太过容易，好在他浑然不觉、不慕虚荣、不入诗坛、专心求学、低调做人，活在自己的世界里。其诗不似 90 后，胜似 90 后，具有很强的全球意识与人类关怀，具有很高的人文精神的含金量，具有一种可贵的天真。特授予《新世纪诗典》2018 年度大奖——第八届"NPC 李白诗歌奖·铜诗奖"。

吴雨伦受奖辞：

诗歌像流感一样传播，这不是一句空话。诗歌的欲望像"病毒"一样延绵而流动。有时因为工作、学业忙碌，甚至没有写一首诗的空闲时间。而《新诗典》的诗人们总是一次次出现在我的朋友圈里，带着你们的诗歌，一次次把我拉入这场创作的"旋涡"中。或许只有南美人对足球的热爱，能够相提并论。旋涡里有祖孙三代创作的诗坛奇观，也有一家三口入典的奇景。通过新诗典的人脉，甚至找到了我十年没有联系的小学同学——一个比剧本还要玄乎精彩的人际桥段。这不仅仅是一群诗人的狂欢，更是一个民族的热爱。特别感谢苇欢、洪君植、维马丁、梁余晶等对我诗歌的翻译工作。感谢你们给了我的文笔走出国门的机会！愿你们，也愿所有新诗典诗人，能够在自己的创作道路上走得更远！

唐突授奖辞：

他是一位老兵，一位50后诗歌老兵，在他同代人中的既得利益者已经日薄西山之际，他却大步行走在一条通向长远未来的道路上——那便是诗歌的现代之路。六十五岁的高龄，写着与中青年诗人同样先进的后口语诗。这是中国诗坛的一大奇观，也是中国诗人对于自身最大短处——创作盛期上限的挑战。特授予《新世纪诗典》2018年度大奖——第八届"NPC李白诗歌奖·特别奖"。

唐突受奖辞：

太高兴了！这是我从1981年开始写诗以来，所得的第一个奖！其意义非常隆重，虽然没有隆重的形式，但隆重在于我在六十岁以后依然在写诗，而且写时我依然快乐并有时忍不住哈哈哈笑，虽然现在能让我大笑起来的，竟然是丑陋，甚至是丑恶。

韩敬源授奖辞：

他是一位孝子，家庭的孝子、诗歌的孝子，在生活中他是谦谦君子，在职业中甚至八面玲珑，但是在此次诗歌大战中他却满血战斗，最终用一部书的规模与结构极大加强与丰富了中国后口语诗的理论建设，确保了此次诗歌大战一方独具的诗学含金量。特授予《新世纪诗典》2018年度大奖——第八届"NPC李白诗歌奖·评论奖"。

韩敬源受奖辞：

回看《新世纪诗典》开创之初，那时年少轻狂，不知道《新诗典》的情况，同时因心急（其实推荐《儿时同伴》的时候才是第六十四首）竟然敢对其中一首"轻功型"的诗表示不服；到今天获得《新世纪诗典》2018 年"NPC 李白诗歌奖·评论奖"时，我才敢在心里默默对自己说"我准备好了，可以写一生"。面对新诗典推出的诗歌，从前两年 50% 的诗读不懂，到慢慢压缩不懂的比例，作为一个读者我做得合格；至 2015 年开始逐首细读点评，只有我自己知道在这所最好的诗歌大学里我得到了多少。在"论战"中，我自己想清楚了很多从前没搞懂的问题，触及到了一些从没考虑过的问题，作为 80 后诗人，获此大奖，心有震撼。朋友们，从自发到自觉，我准备好了，写满一生。

苇欢授奖辞：

她是一位酷女，首先她是一位美女，但不靠颜值靠实力，几年前她是以久违的典型性先锋诗写作进入诗坛视野并夺人眼球的。作为一名大学英语专业教师，她还是双语写作者，并在双向翻译上均有建树：一方面她将大量《新诗典》作品译成英文并在国外发表、出版；另一方面她翻译的《灵魂访客：狄金森诗集》在国内的图书市场上大受欢迎，在业界广受好评。特授予《新世纪诗典》2018 年度大奖 —— 第八届"NPC 李白诗歌奖·翻译奖"。

苇欢受奖词：

感谢伊沙先生授予我这一重要奖项，我深感荣幸！恰巧昨夜，我刚整理完一本诗歌新译著，对比两三年前第一次尝试翻译，我看见其中的进步，说成长可能更为合适。在很大程度上，这种成长和《新诗典》的平台有关，更和伊沙、沈浩波、里所等优秀诗人分不开，是他们给予我信任，给我机会，鼓励我做好翻译工作。

翻译和写诗一样，也是我的至爱，并在时间中持续深化，不断强化我对文字的感觉和认识。最初，我期待自己的文字能在海外发表，一次成功会让我欣喜若狂。在反复投稿的过程中，我认识到西方和中国在诗歌文化上的巨大差异，就算成功发表，我们的好诗在一份外刊上仍显得格格不入，更像是老外给予的一种施舍，而非认可，转瞬之间就可能被他们遗忘了。即便反反复复，他们还是搞不清你是姓崔，还是姓钰炜。有一次投稿经历令人难忘，白人编辑给我礼貌的回复："别放弃，你离我们的标准已经非常接近！"满纸奇形怪状的符号、满篇浮夸晦涩的词语堆叠就是标准吗？我宁可不要，中国后口语诗的先锋性不输世界。所以去年整整一年，我没有投稿海外，我把整理资料、挨个翻墙找投稿规则需要耗费的大量时间，都留给了一首首好诗、一本本好书。我相信诗人们的诗作和我的译笔都没问题，有问题的是诗外事。我的余生将与写好诗、译好诗为伴，把好作品分享给读者。"NPC李白诗歌奖"于我是一种精神，像一枚书签，还插在一本书的前几页，等我老了，希望它仍然能够停在这本书里，在最后一页的位置。

里所授奖辞：

她是一位淑女，出身于中国名校、诗歌名门，她是当代诗歌第一选本《新世纪诗典》出任最多的责任编辑，还是众多中外优秀诗集的策划、编辑。这是一种奇妙的因果与造化：在一个非诗的时代，年纪轻轻的她在诗歌编辑上的成就已经堪比一些大编辑家一生，日后必不可限量。特授予《新世纪诗典》2018年度大奖——第八届"NPC李白诗歌奖·推荐奖"。

里所受奖辞：

我有幸做了一份喜欢的工作，同时这份工作又能创造文化意义。对于一个像我这样自己也写诗，也喜欢尝试做些诗歌翻译，对书籍的装帧审美有要求的编辑来说，"磨铁读诗会"是一个非常理想化的平台，也是我之所以能和《新世纪诗典》持续发生关联的重要原因。因此我想说，这一届的"NPC李白诗歌奖·推荐奖"不仅仅是给我个人的荣誉，更应该是共同属于"磨铁读诗会"所有编辑和同事的。谢谢伊沙老师和《新世纪诗典》，这是一种珍贵的肯定，我也将继续用心编校制作出更多卓越可读的中外诗集，敬呈给可爱的诗人同行以及我们的读者。

艾蒿授奖辞：

他是一位赤子，诗歌赤子，一心向诗，立场坚定，爱憎分明，处女座，一根筋，历史不成全野心家，成全的是这位赤子：他随手策划的涵盖二百人的"中国口语诗大展"是诗歌史上的第一次，出现在最正确的时间、地点、形势，对彰显口语诗的伟大成果起到了举足轻重的作用。特授予《新世纪诗典》2018年度大奖——第八届"NPC李白诗歌奖·文化奖"。

艾蒿受奖辞：

与其说是我策划了"口语诗人为何必须战斗——2018中国口语诗大展"这场必胜的反击战，不如说这是每一名优秀诗人践行了自己的责任与担当，这是我们对伊沙作为中国伟大诗人的尊重与必要的维护，为口语诗而战，为自己而战！在中国诗坛，诗就是吾（口语诗人）家事，我们从来不会因为战斗而降低了自己作为一名优秀诗人的品质与格局。感谢《新世纪诗典》给我的这份珍贵奖项！

附录四 『NPC 李白诗歌奖』评选规则改革细则

1. "成就奖"并非"终身成就奖",只看成就,不看年龄与资历。简而言之:要把获奖者的年龄降下来。

2. "金诗奖""银诗奖"不再依据阅读量,将在年度满额(三次推荐)者中,并在有资格参奖的人中,按总推荐数取前两名获奖。

3. 将"铜诗奖"专设为"年度最佳人气奖",以年度总阅读量是取。

4. "入围奖"从下届起退出历史舞台。

5. "评论奖""翻译奖"将更加注重典外著作的出版或重量级论文、译诗的发表。

6. "特别奖"继续强调颁发的迫切性。

7. "推荐奖"的依据要有灵活性,要看实际的贡献。

8. "文化奖"涉及的方面要丰富。

9. 减少或尽量避免重复获奖,所有获过"成就奖""金、银、铜诗奖""特别奖"者,今后不再竞逐诗歌创作类奖项,但后四种获奖者可以竞逐"成就奖"。

10.《新世纪诗典》满十年时将临时增设一个重大奖项:以当时实力榜上前十名评出"NPC李白诗歌奖中国21世纪十大诗人奖",并公开出版一部合集。

11. 剑指中国诗坛第一奖(或许已经是了)——这个目标从未动摇。

12. 本奖解释权在我一人。

伊沙

2019/01/15 于西安

附录五　《新世纪诗典》常青藤诗人荣誉榜（31人）

《新世纪诗典》前八季每本皆有诗入选者

沈浩波、唐欣、马非、侯马、徐江、君儿、严力、西娃、朱剑、伊沙、潘洗尘、王有尾、湘莲子、西毒何殇、蒋涛、李岩、邢昊、艾蒿、起子、李勋阳、韩敬源、李异、黄海兮、梅花驿、摆丢、南人、李伟、高歌、刘川、轩辕轼轲、庄生

附录六　我们的足迹：《新世纪诗典》系列诗会

第 1 场 "阳光照在需要它的地方"北京诗会　2011 年 9 月，北京师范大学

第 2 场 首届年度大奖颁奖礼暨"小春天"广州诗会　2012 年 3 月，广州广东省立图书馆

第 3 场 "我在什么地方打动了你"长安诗会　2012 年 5 月，西安外国语大学

第 4 场 《新世纪诗典（第一季）》首发式暨"诗歌的盛宴"朗诵会　2012 年 12 月，北京红方剧场

第 5 场 "火焰与词语"万邦诗会　2013 年 1 月，西安万邦书城

第 6 场 第二届年度大奖颁奖礼暨惠州诗会　2013 年 3 月，广东省惠州市惠州宾馆

第 7 场 "第六届珠江国际诗歌节"西安站暨"《新世纪诗典》朗诵会"2013 年 10 月，陕西师范大学

第 8 场 "第三届年度大奖颁奖礼"暨"李白故里朗诵会"2014 年 3 月，四川省江油市李白纪念馆

第 9 场 《新世纪诗典》"长安诗歌节"端午诗歌朗诵会　2014 年 6 月，陕西师范大学

第 10 场 "对影成诗人"《新世纪诗典》"长安诗歌节"中秋诗歌朗诵会　2014 年 9 月，长安大学

第 11 场 "诗歌让我们成为更好的人"广西—越南诗会　2015 年 1 月，千年传说动漫集团公司

第 12 场 "越南的忧郁"越南下龙湾诗会　2015 年 1 月，下龙湾市海滨咖啡馆

第 13 场 "汉字像一些精灵——《新世纪诗典（第三季）》首发式朗诵会"2015 年 3 月，北京师范大学

第 14 场 "维也纳之夜"奥地利维也纳诗会　2015 年 3 月，维也纳市 1 区修道院

第 15 场 "第四届年度大奖颁奖礼"暨"李白故里朗诵会"2015 年 4 月，四川省江油市李白纪念馆

第 16 场 新世纪诗典、"长安诗歌节·端午诗会"暨"长安诗人风骨"——伊沙、秦巴子书法展 2015 年 6 月，西安会展中心青曲文化

第 17 场 《新世纪诗典》"李白诗歌奖"金奖礼暨"古塘之夜"朗诵会 2015 年 6 月，北京古塘咖啡馆

第 18 场 "崆峒山诗会"（含"李白诗歌奖"首届翻译奖颁奖礼） 2015 年 8 月，甘肃省平凉市广成大酒店

第 19 场 长安"金秋诗会"暨"诗眼"新诗典诗人视觉艺术展 2015 年 10 月，西安国际会展中心

第 20 场 "南行记·新世纪诗典桂新马泰国际诗会南宁站"朗诵会 2016 年 1 月 19 日，南宁千年传说公司

第 21 场 "南行记·新世纪诗典桂新马泰国际诗会曼谷之夜" 2016 年 1 月 21 日，泰国曼谷玉桂酒店

第 22 场 "南行记·新世纪诗典桂新马泰国际诗会芭提雅场" 2016 年 1 月 23 日，泰国芭提雅迈克花园酒店咖啡厅

第 23 场 "南行记·新世纪诗典桂新马泰国际诗会素那万普机场国际区专场" 2016 年 1 月 25 日，泰国原眼镜蛇王机场

第 24 场 "南行记·新世纪诗典桂新马泰国际诗会新加坡场" 2016 年 1 月 25 日，新加坡新海山海鲜餐厅

第 25 场 "南行记·新世纪诗典桂新马泰国际诗会马六甲场" 2016 年 1 月 26 日，Bayou Lagoon Park Resort 酒店

第 26 场 "南行记·新世纪诗典桂新马泰国际诗会云顶娱乐城场" 2016 年 1 月 27 日，马来西亚云顶娱乐城

第 27 场 "南行记·新世纪诗典桂新马泰国际诗会吉隆坡场" 2016 年 1 月 28 日，吉隆坡水晶皇冠酒店

第 28 场 "南行记·新世纪诗典桂新马泰国际诗会南国猴年迎春诗会" 2016 年 1 月 29 日，南宁千年传说动漫集团

公司

第 29 场　"磨铁之锋"新世纪诗典"700 人之夜"诗歌朗诵会　2016 年 3 月 25 日，北京磨铁图书有限公司

第 30 场　"第五届年度大奖颁奖礼"暨"李白故里朗诵会"2016 年 4 月 23 日，四川江油李白纪念馆

第 31 场　珠海"渔歌蚝情朗诵会暨长安诗歌节"225 场　2016 年 2 月 27 日，珠海渔歌蚝情文化主题餐厅

第 32 场　"韩国国际诗会"第一场暨"磨铁读诗会第三场"　2016 年 7 月 7 日，北京

第 33 场　"韩国国际诗会"第二场　2016 年 7 月 8 日，韩国首尔中国文化中心

第 34 场　"韩国国际诗会"第三场暨"长安诗歌节"第 242 场　2016 年 7 月 10 日，首尔首都大酒店大堂

第 35 场　"韩国国际诗会"第三场暨"葵之怒放诗歌节"首尔场　2016 年 7 月 11 日，首尔 maboo 咖啡馆

第 36 场　青海诗会"天下黄河贵德清"暨"长安诗歌节"第 244 场　2016 年 8 月 7 日，青海贵德黄河边

第 37 场　青海诗会"金银滩诗会"　2016 年 8 月 8 日，青海金银滩草原帐篷

第 38 场　青海诗会"草原之夜 - 青海湖与原子城"十分钟限时同题诗会　2016 年 8 月 8 日，金银滩草原帐篷

第 39 场　"长安诗歌节"第 248 场"中秋诗会暨《当代诗经》朗诵会"　2016 年 9 月 11 日，西安交大人文科学院

第 40 场　新诗百年研讨会暨"诗耀泉城"朗诵会　2016 年 12 月 8 日—10 日，济南市山东书城

第 41 场　新诗典"北京初春选诗会"暨"磨铁读诗会第 5 场"　2017 年 3 月 11 日，北京

第 42 场　"新世纪诗典 - 第六届年度大奖颁奖礼"暨"李白故里朗诵会"2017 年 5 月 5—7 日，四川江油李白故里

第 43 场　诗意两江《新世纪诗典》重庆诗会　2017 年 5 月 31

日—6月2日，重庆两江新区

第44场 新诗典"2017韩国首尔国际诗会" 2017年7月21日，首尔早午二合一咖啡馆

第45场 新诗典"天津滨海诗会" 2017年7月27日，天津滨海1号会议厅

第46场 惠州诗会"常常听到远方的声音" 2017年7月25—28日，惠州喜悦大酒店

第47场 新诗典"鄂尔多斯诗歌那达慕诗会" 2017年9月23—26日，鄂尔多斯市

第48场 "西双版纳老挝行国际诗会"第1场 2018年2月2日，西双版纳勐宋雨林庄园

第49场 "西双版纳老挝行国际诗会"第2场 2018年2月3日，西双版纳勐宋雨林庄园

第50场 "西双版纳老挝行国际诗会"第3场新诗典"2500首之夜" 2018年2月5日，老挝琅勃拉邦省孟和酒店

第51场 "西双版纳老挝行国际诗会"第4场 2018年2月6日，乌多姆赛场友谊宾馆

第52场 "新世纪诗典-第七届年度大奖颁奖礼"暨"李白故里朗诵会" 2018年5月25日—27日，四川江油李白故里

第53场 "新世纪诗典日本诗会"大阪场 2018年7月21日，大阪府お鱼汉字四十八字

第54场 "新世纪诗典日本诗会"旅途场 2018年7月22日，名古屋途中

第55场 "新世纪诗典日本诗会"伊豆场 2018年7月23日，伊豆市大平森林温泉

第56场 "新世纪诗典日本诗会"旅途中 2018年7月24日，去东京途中

第57场 "新世纪诗典日本诗会"成田机场场 2018年7月21日，日本成田国际机场

第58场 "新世纪诗典江南诗会"明基酒店场 2018年10月

19 日，南京明基酒店

第 59 场　"新世纪诗典江南诗会"先锋书店场　2018 年 10 月 20 日，南京先锋书店五台山店

第 60 场　"新世纪诗典江南诗会"当涂一中场　2018 年 10 月 21 日，安徽当涂一中

第 61 场　"新世纪诗典 - 葵之怒放诗歌节跨年诗会"跨界书店场　2018 年 12 月 31 日，天津高新区

第 62 场　"新世纪诗典虎门—柬埔寨跨国系列诗会"虎门场　2019 年 1 月 20 日，东城食府（太沙店）

第 63 场　"新世纪诗典虎门—柬埔寨跨国系列诗会"广州场　2019 年 1 月 20 日，人和镇粤北农家菜

第 64 场　"新世纪诗典虎门—柬埔寨跨国系列诗会"金边场　2019 年 1 月 21 日，bobebogo 酒吧

第 65 场　"新世纪诗典虎门—柬埔寨跨国系列诗会"暹粒吴哥林塔娜克酒店 LIN RATNAK ANGKOR HOTEL 场　2019 年 1 月 22 日，室外咖啡

第 66 场　"新世纪诗典虎门—柬埔寨跨国系列诗会"暹粒吴哥林塔娜克酒店 LIN RATNAK ANGKOR HOTEL 场　2019 年 1 月 23 日，酒店 204 房间

第 67 场　"新世纪诗典虎门—柬埔寨跨国系列诗会"暹粒吴哥林塔娜克酒店 LIN RATNAK ANGKOR HOTEL 场　2019 年 1 月 24 日，酒店 204 房间

第 68 场　"新世纪诗典虎门—柬埔寨跨国系列诗会"暹粒机场场　2019 年 1 月 25 日，机场咖啡厅

附录七 《新世纪诗典》义工团队

编者敬告

　　在本书的编选过程中，我们曾设法联系所有入选诗人，并获得了大部分诗人对入选作品的授权书，感谢各位诗人的支持。但在我们多方找寻后，仍未能与极小一部分入选作者取得联系，特此致歉，并请看到本公告后联系我们：

邮箱：motiepoems@163.com
地址：北京市西城区德胜国际中心 B 座 10 层诗歌工作室　收
邮编：100088

磨铁读诗会
2020/08

图书在版编目（CIP）数据

新世纪诗典 . 第八季 / 伊沙编选 . —北京：中国友
谊出版公司，2020.10

ISBN 978-7-5057-4981-8

Ⅰ . ①新… Ⅱ . ①伊… Ⅲ . ①诗集—中国—当代
Ⅳ . ① I227

中国版本图书馆 CIP 数据核字（2020）第 164984 号

书名	**新世纪诗典 . 第八季**
作者	伊 沙 编选
出版	中国友谊出版公司
发行	中国友谊出版公司
经销	新华书店
印刷	河北鹏润印刷有限公司
规格	635×965 毫米　16 开
	25.5 印张　224 千字
版次	2020 年 10 月第 1 版
印次	2020 年 10 月第 1 次印刷
书号	ISBN 978-7-5057-4981-8
定价	65.00 元
地址	北京市朝阳区西坝河南里 17 号楼
邮编	100028
电话	（010）64678009

如发现图书质量问题，可联系调换。质量投诉电话：010-82069336

■　中国当代先锋诗歌现场

《新世纪诗典》书系：第一至八季　伊沙　编选

《那些写诗的80后》　春树　主编
《正在写诗的年轻人》　李柳杨　主编